일상이 고고학

나 혼자 대가야 여행

※ 일러두기
1. 본문에서 인용되는 모든 저작이나 단행본에는 《 》(겹화살괄호)를, 잡지 등의
정기간행물에는 〈 〉(홑화살괄호)를, 문서, 그림 등의 제목에는 ' '(홑따옴표)를,
전시명에는 " "(쌍따옴표)를 사용했습니다.
2. 본문에 사용된 도판은 대부분 저자와 출판사가 저작권을 가지고 있으며, 국립
박물관·사립박물관·위키백과·나무위키 등 공용 사이트의 저작권 만료 또는
사용 제약이 없는 퍼블릭 도메인 이미지는 출처 표시를 생략하거나 소장처를 표
기하였습니다. 이외에 소장처가 분명치 않은 도판은 정보가 확인되는 경우 이에
따른 적법한 절차를 밟겠습니다.

일상이 고고학 13

일상이 고고학

나 혼자 대가야 여행

가야 유네스코 문화유산

황윤 역사 여행 에세이

책읽는고양이

프롤로그

아~ 참으로 아름다운 대가야 고분들. 그렇다. 이번 여행은 대가야 고분을 이야기할 차례다.

경주를 방문한 사람들은 도시 여기저기 자연스럽게 서 있는 거대한 고분을 만나며 묘한 매력을 느끼곤 한다. 과거와 현재가 함께하는 분위기랄까? 마치 타임머신을 탄 기분마저 든다.

이와 유사한 느낌을 주는 장소는 비단 경주뿐만 아니라 한반도 남부만 하더라도 여러 곳이 더 있다. 대표적으로 대부분의 가야 고분 역시 사람들이 많이 사는 지역에 위치하고 있어 과거와 현재가 공존하는 모습으로 이어오고 있거든. 그래서일까? 가야 고분을 방문해보면 참으로 매력적인 분위기로 다가오지. 하지만 경주 고분의 높은 명성에 비해 가야 고분이 그동안 덜 알려진 것은 역사의 승리자가 된 신라와 달리 패배자로 사라진 가야에 대한 주목이 덜했기 때문이다.

2023년 9월 17일, 유네스코 세계유산에 가야 고분이 등재되었다는 기쁜 소식이 사우디아라비아 리야

드로부터 들려왔기에 앞으로의 분위기는 분명 크게 바뀔 듯하다. 김해의 대성동 고분군, 고령의 지산동 고분군, 합천의 옥전 고분군, 함안의 말이산 고분군, 고성의 송학동 고분군, 창녕의 교동과 송현동 고분군, 남원의 유곡리와 두락리 고분군 등 총 7개의 가야 고분군이 그것. 이때 유네스코에서는 "주변국과 자율적이고, 수평적인 독특한 체계를 유지하며 동아시아 고대 문명의 다양성을 보여주는 중요한 증거가 된다는 점을 주목"하여 가야 고분을 세계유산으로 등재시켰다고 한다. 무엇보다 다양성이라는 표현이 가야 역사의 키포인트 같군.

이로서 대한민국은 1995년 석굴암과 불국사, 2000년 경주역사유적지구, 2015년 백제역사유적지구 등으로 신라와 백제에 이어 가야까지 유네스코 세계유산에 들어가는 쾌거를 이룩하였구나. 게다가 2004년 등재된 북한의 고구려유적까지 합치면 삼국시대를 대표하는 고구려, 백제, 신라, 가야 모두가 세계유산에 등록된 상황이지. 안타깝게도 이 중 북한의 고구려 유적은 대한민국 국적을 지닌 국민은 방문조차 할 수 없는 상황이지만.

한편 일상이 고고학 시리즈 중 가야 편을 통해 김해의 대성동 고분을 언급한 적이 있으나 나머지 가야 고분에 대해선 상세히 이야기하지 못한 점이 마

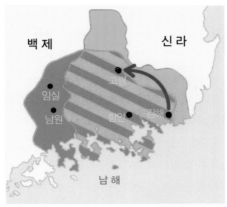

전기 가야 연맹(▨)과 후기 가야 연맹(▨).

음에 걸리던 차에 이번 등재 소식은 더없는 기회로
여겨졌다. 나머지 고분을 오랜 만에 다시금 돌아볼
계기가 만들어졌으니까. 다만 스토리텔링에 맞춘 여
행 코스를 짜다보니, 고민 끝에 7개 고분 중에서 고
령의 지산동 고분군, 합천의 옥전 고분군, 함안의 말
이산 고분군, 창녕의 교동 고분군 등 총 4개 지역을
방문할 계획이다.

　일상이 고고학 가야 편을 통해 김해의 금관가야
를 중심으로 한 전기 가야 연맹과 통일신라시대 금
관가야 후손들의 이야기를 소개했던 만큼 이번에는
유네스코 세계유산에 등록된 가야 고분 중 총 4군데
를 돌아보며 대가야를 중심으로 한 후기 가야 연맹

을 소개하는 시간을 가져보고자 한다.

참고로 전기 가야 연맹과 후기 가야 연맹은 고구려 광개토대왕이 신라 지원을 위해 5만 대군을 한반도 남부로 파병한 400년을 기준으로 그 이전은 전기 가야 연맹, 그 이후는 후기 가야 연맹으로 구분하고 있다. 고구려의 남방 원정 이후 김해에서 고령으로 가야 연맹의 주도 세력이 교체되어 그런 것인데, 이렇듯 주도 세력이 있음에도 연맹 내 각 세력마다 독특한 문화와 개성을 유지했기에 흥미를 더한다. 한마디로 가야 = 다양성 그 자체라고나 할까. 이번 여행을 통해 가야가 지닌 다양성에 대해 차츰차츰 알아 가기로 하자.

아 참, 이번 가야 고분 여행은 흥미롭게도 또 다른 유네스코 문화유산이 있는 해인사에서 시작된다는 사실.

차례

1. 해인사

창건기

팔만대장경으로 유명한 가야산 해인사를 방문한 어느 날.

"오늘따라 절에 오는 사람이 많구나."

사찰에 기도가 많은 음력 초하루라 그런지 평일임에도 해인사 내에 사람들이 많이 보인다. 해인사는 경주 불국사, 양양 낙산사와 더불어 대중적으로 가장 잘 알려진 사찰 중 하나가 아닐까 싶군. 어머니가 성철스님을 좋아하셔서 종종 방문하게 된 사찰인데, 추억을 떠올리다보니 어릴 적 해인사 방 안에서 신도들과 함께 자며 새벽기도 올렸던 기억이 나는걸. 요즘으로 치면 템플스테이랑 유사한 개념. 여하튼 그때 새벽에 일어나 부처님 앞에서 1000배를 하고 아침 공양을 먹은 뒤, 눈 내리는 길을 따라 백련암까지 어머니, 동생과 함께 걸어가보기도 했었지. 하하. 다 추억이구나. 성철스님이 돌아가신 뒤였음에도 불자들의 열기는 그토록 참 대단했었다.

추억이 있는 장소다보니 나이를 먹으며 해인사 역사에도 점차 관심이 생겼다. 그러다 흥미로운 사

해인사 일주문. ©Park Jongmoo

실을 알게 된다. 조선 초 문인 서거정(1420~1488년)
의 주도로 편찬된 《동문선(東文選)》이라는 책이 있
다. 이 책에는 신라시대부터 조선 초기까지 한반도
에 존재하던 여러 인물들의 글이 담겨 있는데, 이 중
통일신라시대를 대표하는 문인 최치원의 글이 195
편이나 된다 하는군. 아 참, 최치원은 당나라로 유학
을 떠나 외국인 과거시험인 빈공과에 합격한 후 신
라로 돌아왔으나 큰 쓰임을 받지 못한 6두품을 상징
하는 인물이라며 학창시절 교과서에서 배웠었지. 나

름 시험에도 등장하는 중요인물인지라 대한민국에서 그의 이름을 모르는 이는 아마 드물 듯.

한편 195편의 최치원 글 중에는 '신라 가야산 해인사 선안주원 벽기(新羅伽倻山海印寺善安住院壁記)'라는 제목이 있으니, 이는 한때 해인사에 존재했던 선안주원(善安住院)이라는 건물의 벽에 새겨둔 기록이다. 내용은 다음과 같다.

조사(祖師)인 순응대덕은 신림대사에게 법을 배우고, 대력(大曆) 초년(766)에 중국에 건너갔다. 마른 나무에 의탁하여 몸을 잊고 고승이 거처하는 산을 찾아서 도를 얻었으며, 교학을 철저히 탐구하고 선(禪)의 세계에 깊이 들어갔다. 본국으로 돌아오게 되자 영광스럽게도 나라에서 선발함을 받았다. 곧 탄식하여 말하기를 '사람은 학문을 닦아야 되며 또한 세상은 재물을 간직함이 중하다. 이미 천지의 정기를 지녔고 또한 산천의 수려함을 얻었으나, 새도 나뭇가지를 가려서 앉는데 나는 어찌 터를 닦지 아니하랴' 하고 정원(貞元) 18년(802) 10월 16일 동지들을 데리고 이곳에 절(해인사)을 세웠다.

산신령도 매우 뛰어난 덕의 이름을 듣고 청량한 형세의 땅을 자리 잡아 주었으며 오계 중에서 일모(一毛)의 땅을 다투어 뽑았다. 이때에 성목왕태후

(聖穆王太后)께서 천하에 국모(國母)로 군림하시면서 불교도들을 아들처럼 육성하시다가 이 소문을 듣고 공경하며 기뻐하시어 날짜를 정하여 귀의하시고 좋은 음식과 예물을 내리셨다. 이것은 하늘에서 도움을 받은 것이지만 사실은 땅에 의하여 인연을 얻은 것이다. 그러나 제자들이 안개처럼 돌문으로 모여들 때 스님은 갑자기 세상을 떠나셨다.

그리하여 이정선백(利貞禪伯)이 뒤를 이어 공적을 세웠다. 중용의 도리를 행하여 절을 잘 다스렸고 주역 대장(大壯)의 방침을 취하여 건축을 새롭게 하였다.

신라가야산해인사선안주원벽기

최치원의 기록에 따르면 신림대사의 제자였던 순응은 당나라 유학 후 귀국하여 활동하다가 802년 해인사를 창건하였는데, 이때 성목왕태후가 후원을 아끼지 않았다. 이후 순응이 세상을 떠나자 이정이 그 뒤를 이어 불사를 완성시켰다. 참고로 순응의 스승이었던 신림은 의상대사의 제자였던 상원에게 불법을 배운 인물로 이로서 의상—상원—신림으로 법통이 이어진다. 그렇다면 순응은 의상—상원—신림—순응으로 이어지는 법통을 지니고 있었던 것. 즉 순응은 원효와 쌍벽으로 신라 불교를 대표하던 의상의 법통을 잇는 승려였음을 알 수 있구나.

이렇듯 의상의 법통을 이은 명성이 상당한 불교계 인물이 사찰을 세우는 것인 만큼 왕실 최고 어른인 성목왕태후가 불사를 적극 지원하였다. 이때 태후가 무려 밭과 논 2500결(結)을 하사하였다고 전하는데, 참고로 당시 마을 하나가 보통 100~160결 정도의 밭과 논을 가지고 있었기에 2500결은 마을 16~25개에 이르는 규모로, 실로 어마어마한 지원이었던 것. 그래서인지는 모르지만 해인사 창건에 큰 지원을 아끼지 않은 성목왕태후는 자신의 아들 중 무려 세 명이 신라 왕이 되는 전무후무한 기록을 보유하기에 이른다. 소성왕, 헌덕왕, 흥덕왕이 그들.

최치원은 잊지 않고 해인사를 창건한 순응과 이정에 대한 기록도 남겼으니….

두 사람의 전기

　해인사 마당 한가운데 서 있는 9세기 전반에 제작된 통일신라 삼층탑을 한참 바라본다. 높이 6m의 탑은 1926년 수리하는 과정에서 아홉 개의 작은 불상이 발견되었지만 도로 안으로 넣었다고 전한다. 요즘 같았으면 "탑에서 나온 물건이다"라며 불상을 널리 자랑하며 박물관에 전시해두었을 텐데 말이지. 탑 자체는 사찰의 드높은 명성에 비해 그리 큰 편은 아니지만 당당한 모습을 지니고 있으며, 순응과 이정이 해인사를 창건하고 얼마 지나지 않아 완성된 모양. 다만 여러 통일신라 삼층석탑에 비해 기단이 많이 넓고 높은 편으로, 이는 1926년 수리하면서 탑의 높이를 더 키우기 위해 일부러 기단을 넓히고 한 층을 더 얹어 그리된 것이다. 즉 가장 아래쪽 넓은 기단은 1926년 것이고, 그 위부터가 통일신라 때 제작된 것이라 하겠다.

　최치원이 857년에 태어났으니, 남다른 인연이 있던 해인사에 들른 김에 나처럼 이 탑을 본 적이 있었겠지? 물론 그 때만 하더라도 세월의 흔적이 느껴지

해인사 삼층석탑. 1926년 탑을 수리하면서 기단을 넓히고 한 층을 더 얹었다. ©Park Jongmoo

©Hwang Yoon

지 않은 거의 새 탑이었겠지만. 그럼 지금부터는 최치원이 남긴 순응과 이정에 대한 기록을 살펴볼까?

고령은 본래 대가야국이다. 시조 이진아시왕(伊珍阿豉王)부터 도설지왕(道設智王)까지 무릇 16세 520년이다. 최치원의 《석이정전(釋利貞傳)》을 살펴보면, "가야산신(伽倻山神) 정견모주(正見母主)는 곧 천신(天神)인 이비가지(夷毗訶之)에게 감응되어 대가야의 왕 뇌질주일(惱窒朱日)과 금관국의 왕 뇌질청예(惱窒靑裔) 두 사람을 낳았다"고 되어 있으니, 즉, 뇌질주일은 이진아시왕의 별칭이고 뇌질청예는 수로왕의 별칭이 된다. 그러나 이는 가락국 옛 기록의 여섯 알 전설과 더불어 모두 근거가 없고 허황되어 믿을 수 없다. 또한 《석순응전(釋順應傳)》에 대가야국의 월광태자(月光太子)는 곧 정견(正見)의 10세손이요 그의 아버지는 이뇌왕(異腦王)이라고 하며, 신라에 결혼을 청하여 이찬(夷粲) 비지배(比枝輩)의 딸을 맞아 태자를 낳았다고 되어 있으니 이뇌왕은 곧 뇌질주일의 8세손이다. 그러나 이 또한 참고할 것이 못 된다.

《신증동국여지승람》 권29 경상도 고령현 건치연혁

신증동국여지승람은 조선 전기에 편찬된 지리서

로 경상도 고령 내력에 대한 설명 중 위의 내용이 등장한다. 우선 석이정전(釋利貞傳)에서는 대가야 신화, 즉 가야산신과 천신이 결합하여 두 아들이 탄생하였으니, 그들이 각기 대가야와 금관가야의 왕이 되었다는 내용이 담겼다. 다음으로 석순응전(釋順應傳)에서는 대가야의 월광태자 가계가 담겼지. 월광태자의 아버지는 이뇌왕이며 대가야 시조로부터 8세손이라는 내용이 그것.

다만 조선 문인들은 최치원의 기록을 가져오되 첨삭하듯 일부 내용만 가져왔는데, 석이정전(釋利貞傳)과 석순응전(釋順應傳)을 슬쩍 언급하며 내용을 믿을 수 없다는 부분이 그것. 아무래도 산신과 천신이 결합하여 아이를 낳았다는 이야기가 허황되다 여겨 그런 모양. 하지만 신화에는 신화만의 깊은 의미가 숨어 있으니 이를 완전히 무시하면 안 되지. 암.

한편 석이정전과 석순응전 중 석(釋)이란 석가모니의 석을 뜻하며, 승려가 되면 석가의 제자이자 속세를 떠났으므로 속세의 성이 아닌 부처님의 성인 석을 사용한 관습에 따른 것이다. 근래 대한민국에서는 승려의 법명만 쓰는 경우가 대부분이지만 얼마 전 돌아가신 베트남 스님 탁닛한(釋一行)의 성이 한국어로 석 씨인 이유가 그러하지. 그리고 가장 뒤의 전(傳)은 한 사람의 일대기를 의미하는 전기(傳記)를 뜻한다.

그렇다면 석이정전은 다름 아닌 스님 이정의 전기, 석순응전은 스님 순응의 전기임을 알 수 있구나. 혁. 맞다. 해인사를 창건한 두 인물의 전기였던 것. 그런데 최치원은 왜 두 사람의 전기 안에 대가야 신화 및 대가야 가계를 기록했을까 궁금해지네. 안타깝게도 최치원이 쓴 순응, 이정의 전기는 오직 《신증동국여지승람》에 첨삭된 저 내용만 파편처럼 남아 전해질 뿐 나머지 내용은 이미 사라져 전해지지 않기에 그 이유를 곰곰이 추정해볼 수밖에 없다.

가계를 설명하는 방식

　과거 사람들은 자신의 가계(家系)를 매우 중요하
게 여겼다. 왜냐하면 가문이라는 혈연집단 안에서
나라는 존재가 중요한 의미를 지니고 있었기 때문.
즉 가문이라는 배경은 사실상 나의 정체성을 보여주
는 기반이었다. 예를 들면 통일신라시대 최고의 영
웅으로 평가받던 김유신의 경우 삼국사기에서 다음
과 같은 가계 설명을 필두로 열전이 시작된다.

　김유신은 왕경(王京, 경주) 사람이다. 그의 12세
조(世祖)는 수로(首露)인데, 어떤 사람인지 알 수 없
다. 수로는 후한 건무(建武) 18년(42)에 구봉(龜峯)
에 올라가 가락의 9촌을 바라보고, 마침내 그곳에
나아가 나라를 새로 세우고 이름을 가야라 하였다
가 후에 금관국으로 고쳤다. 그의 자손이 서로 왕위
를 계승하여 9세손 구해(仇亥)에 이르렀는데, 구해
는 유신에게 증조부가 된다.

《삼국사기》 열전 김유신

살펴보면 김유신은 금관가야 시조 김수로의 12세손이자, 금관가야 마지막 왕 김구해의 증손자라 설명되어 있구나. 이처럼 당시 왕족 출신들은 시조로부터 몇 대손, 더불어 가계에서 가장 마지막으로 왕에 있었던 인물로부터 몇 대손, 이런 방식으로 자신의 핏줄을 설명했던 것. 이를 그대로 석순응전에 대입하면

《석순응전(釋順應傳)》에 대가야국의 월광태자(月光太子)는 곧 정견(正見)의 10세손이요 그의 아버지는 이뇌왕(異腦王)이라고 하며, 신라에 결혼을 청하여 이찬(夷粲) 비지배(比枝輩)의 딸을 맞아 태자를 낳았다고 되어 있으니 이뇌왕은 곧 뇌질주일의 8세손이다.

월광태자의 경우 대가야 시조의 어머니로부터 10세손이니, 대가야 시조로부터는 9세손이며 그의 가계에서 가장 마지막으로 왕에 있었던 이뇌왕의 아들이었다. 이렇듯 해당 내용은 김유신 가계 설명과 비교해볼 때 월광태자 가계를 담은 부분이 분명해 보이는걸.

뿐만 아니라《삼국사기》김유신 가계 설명 중에는

수로는 후한 건무(建武) 18년에 구봉에 올라가 가락의 9촌을 바라보고, 마침내 그곳에 나아가 나라를 새로 세우고 이름을 가야라 하였다가 후에 금관국으로 고쳤다.

라는 부분이 있는데, 이는 금관가야 시조인 김수로의 개국신화를 대략 정리해둔 것이다. 이는 석이정전에서

가야산신 정견모주는 곧 천신인 이비가지에게 감응되어 대가야의 왕 뇌질주일과 금관국의 왕 뇌질청에 두 사람을 낳았다.

라 하여 대가야 개국신화를 대략 정리해둔 것과 동일하지. 결국 석순응전과 석이정전의 내용을 합치는 순간 대가야 가계, 특히 월광태자의 가계를 설명하는 부분이 구성되는 것이다. 여기까지 따라오니, 순응과 이정 두 인물의 전기 속에 왜 대가야 가계가 등장하는지 궁금증이 생기는걸. 더불어 이들 전기 속에 중요인물로 등장한 월광태자는 과연 누구일까?

월광태자와 도설지

금관국의 왕 김구해가 왕비 및 세 아들, 즉 맏아들 노종, 둘째 아들 무덕, 막내아들 무력과 함께 나라의 창고에 있던 보물을 가지고 와서 항복하였다. 왕은 예로써 대우하고, 상등(上等)의 관등을 주었으며, 본국을 식읍으로 삼게 하였다. 아들 무력은 벼슬이 각간(角干, 1등 관등)까지 이르렀다.

《삼국사기》 신라본기 법흥왕 19년(532)

532년, 금관가야가 멸망하자 신라에서는 마지막 금관가야 왕인 김구해를 높이 대우하였다. 항복한 가야 마지막 왕에게 본국 김해를 식읍으로 삼게 하고 신라의 높은 관등을 주었을 정도. 특히 김구해의 셋째 아들인 김무력의 경우 진흥왕순수비 등 당시 신라의 영토 확장을 증명하는 신라 비석에 여러 번 그 이름이 등장하는데, 이로서 가야계 신라인이 된 후 상당한 명성을 쌓았음을 알 수 있다. 게다가 김무력은 다름 아닌 김유신의 할아버지라는 사실. 신라 내 가야계 가문으로서 명성은 김무력 때부터 이미 시작된 것이다.

군주(軍主) 사훼부 무력지(武力智) 아간지(阿干
支), / 추문촌(鄒文村) 당주(幢主) 사훼부 도설지(道
設智) 급간지(及干支)

단양신라적성비(丹陽新羅赤城碑) 550년 경

비석에 김무력이 등장하는 대표적인 예시로는 단
양신라적성비가 있는데, 위 기록의 "군주(軍主) 사훼
부 무력지(武力智) 아간지(阿干支)"란 "군주는 사훼
부 소속의 무력님이며 관등은 아간지(阿干支, 6등 관
등)"라는 의미다. 즉 군주였던 김무력이 당시 신라 6
등 관등에 올라 한강 상류 지역인 단양을 정복하는
데 공을 세웠음을 보여주지.

그런데 바로 옆으로 도설지라는 인물이 등장하는
군. "추문촌(鄒文村) 당주(幢主) 사훼부 도설지(道設
智) 급간지(及干支)"로 등장하는 그는 "추문이라 불
리는 촌의 당주로서 사훼부 소속의 도설님이며 관등
은 급간지(及干支, 9등 관등)"라는 의미다. 그 역시
김무력과 마찬가지로 한강 상류를 정복하는 데 공을
세워 이름이 비석에 올라간 것인데, 이렇듯 김무력
과 함께 등장한 도설지에 대해 학계에서는 대가야
마지막 왕인 도설지왕과 동일인물로 보는 중.

봄 3월에 가야국(加耶國)의 왕(이뇌왕)이 사신을 보내 혼인을 청하므로, 왕이 이찬(伊湌) 비조부(比助夫)의 누이를 보냈다.

《삼국사기》 신라본기 법흥왕 9년(522)

잠시 단양신라적성비보다 30년 정도 과거로 훌쩍 내려간 6세기 초반 시점을 살펴보자. 이때 대가야는 신라와 백제 사이에서 줄타기 외교를 하고 있었는데, 갈수록 백제의 압박이 심해지자 신라와 결혼동맹을 추진하면서 도설지가 태어났다. 무엇보다 도설지의 아버지는 대가야 이뇌왕이고 어머니는 신라 왕실과 가까운 핏줄인 이찬 비조부의 누이였거든. 즉 절반의 피가 신라인이었던 것. 지금 기준으로 보면 혼혈이라 볼 수 있겠군. 이렇게 대가야와 신라 간 외교관계를 통해 태어난 도설지를 소위 '월광태자'라 부른다.

그러나 도설지는 여러 외교적 문제로 신라와의 결혼동맹이 깨진 대가야가 이번에는 친 백제 성향의 정책을 펼치자 태자 신분을 버리고 신라로 망명할 수밖에 없었다. 아무래도 대가야 내에서 신라가 도설지를 통해 영향력을 확대할 것을 두려워해 해치려는 분위기가 있었던 모양. 이후 신라 장수로 정복전쟁에 참가하면서 여러 공을 세웠으니, 덕분에 금관가야 후손인 김무력처럼 신라 비석에 그의 이름이 새겨졌다.

하지만 대가야가 신라로 완전히 합병된 562년 직후 신라 장군이었던 도설지는 대가야 왕으로 즉위하게 된다. 대가야를 무력으로 정복하는 데 성공한 신라가 이후 이들의 반감을 무마하기 위해 피의 절반이 신라인이었던 도설지를 왕으로 추대하였거든. 즉 허수아비 왕이었던 것. 아무래도 금관가야는 평화적으로 항복하였기에 그만큼 지역 내 반발도 적었지만 대가야는 이와 성질이 달랐던 듯싶다. 신라와의 처절한 전투 끝에 패망했으니까.

이후 도설지의 삶에 대해서는 자세히 남겨진 기록이 없지만 어느 정도 대가야에 대한 병합이 완료될 때까지 신라의 허수아비 왕으로 지내다가 쓸모가 없어진 어느 순간에 왕위에서 내려와 조용히 은퇴했을 것으로 추정된다. 바로 해인사 근처인 경상남도 합천군에 위치한 월광사(月光寺)는 그가 대가야 왕에서 내려온 이후 승려가 되어 세운 절로 알려지고 있거든. 그나마 낭만적으로 표현한다면 망한 대가야를 위로하기 위해 그곳에서 지냈을 듯 보이나, 사실상 도설지의 입장은 살아남기에 필요한 행동인 칩거였다. 어쨌든 자의가 아니더라도 한 번 대가야 왕이 된 이상 신라의 감시를 피하기란 힘들었을 테니까.

시간이 한참 흐르고 흘러 순응과 이정이 신라 왕실의 적극적인 지원 속에 옛 대가야 지역에다 사찰을 만들었으니, 그것이 다름 아닌 해인사다. 그런데 두 인물은 아무래도 대가야 특히 월광태자의 후손이었던 모양. 그런 만큼 최치원은 두 사람의 전기를 쓰면서 특별히 두 사람의 정체성과 연결되는 대가야 신화 및 월광태자 가계를 기록해둔 것이다. 그 흔적이 운 좋게도 조선시대 편찬된 《신증동국여지승람》에 일부 남게 되었고.

거참, 여기까지 살펴보니, 한국을 대표하는 사찰인 해인사가 조금 달리 보이는걸. 대가야의 혼이 느껴진다고나 할까? 아~ 생각났다. 마침 대가야와 연결되는 공간이 해인사에 아직도 남아 있는데, 이 김에 그곳도 가봐야겠군.

해인사 국사단

사찰 밖으로 나가다보면 해탈문이 등장한다. 해
동원종대가람(海東圓宗大伽藍)이라는 현판이 걸린
문이 바로 그것. 그리고 해탈문 아래로는 돌계단이
쭉 서 있다. 아까 해인사 중심으로 이동하면서 올라
왔던 계단인데, 이번에는 반대로 내려갈 차례군. 이
곳 계단 바로 옆에는 작은 건물이 하나 있는데, 다름
아닌 대가야와 관련한 이야기가 그 건물 내부에 있
거든. 궁금하니 어서어서 발걸음을 움직여볼까.

가까이 가보니 건물 현판에는 국사단(國師壇)이
라 되어 있고, 안에는 불화가 배치되어 있구나. 그림
을 감상해보니 소나무 아래 한 여성이 두 아이를 따
뜻한 눈으로 바라보고 있는데, 왼편 위로 구름 위에
여러 사람들이 이들 세 명을 지켜보는 중이다. 묘하
게도 어딘가 익숙해 보이는 구도로군. 그렇다. 해당
그림의 주제가 다름 아닌 방금 전 언급한 대가야 전
설이라는 사실.

가야산신 정견모주는 곧 천신인 이비가지에게

©Hwang Yoon

국사단 ©Park Jongmoo

국사단 안에 있는 불화. 가야산신 정견모주의 이야기가 담겨 있다.
©Park Jongmoo

감응되어 대가야의 왕 뇌질주일과 금관국의 왕 뇌
질청에 두 사람을 낳았다.

이 부분이 불화로 그려져 있는 것이다. 즉 소나무
아래 여성은 가야산의 신인 정견모주이며 구름 위에
있는 인물은 천신 이비가지와 그의 신하들, 두 아이
는 대가야 왕과 금관가야 왕이라는 의미. 흥미로운
점은 산에 위치한 사찰마다 산신을 모신 공간이 존
재하건만 남성이 산신으로 그려진 경우가 대부분인
반면 이곳 가야산은 정견모주라는 여성이 산신으로

존재하기에 이처럼 그려졌음을 알 수 있다.

이로서 대가야 전설이 여전히 해인사 한 편에서 숨 쉬고 있음을 확인하였구나. 게다가 이곳에서 기도를 하면 소원이 이루어진다는 놀라운 전설이 있다고 하는군. 아무래도 산신의 능력이 남달라 그런가 봄. 그래. 이 김에 나도 소원 하나를 빌어봐야겠다.

"일생동안 책 50권 정도 쓸 수 있도록 도와주세요."

한편 정견모주가 신으로 존재하는 가야산은 대가야시대를 지나 통일신라시대에도 중요한 산으로 인식되며 때마다 제사가 이루어졌으니, 이제 사찰 밖으로 나가면서 그 이야기를 마저 이어가야겠다. 묘하게도 기도가 끝나자 어떤 기묘한 에너지가 몸속으로 들어온 느낌. 정말로 50권을 쓸 수 있으려나? 소원이 이루어질지 앞으로 기대해봐야겠다. 하하.

통일신라와 가야산

　삼국을 통합한 직후 통일신라에서는 나라의 큰 제사를 대사(大祀)·중사(中祀)·소사(小祀)로 나누어 지냈다. 이는 중국의 5호 16국 분열시기를 통합한 수, 당나라에서 나라의 큰 제사를 대사·중사·소사로 나누어 운영한 방식을 받아들인 것으로 어느덧 신라 영역이 된 한반도 전국의 명산대천(名山大川), 즉 큰 산과 물줄기를 다스리는 신(神)에게 때마다 국가의 안녕과 풍요를 기원하는 방식이었지.

　지금이야 근현대를 거치면서 이런 문화가 많이 옅어졌다지만 과거에는 산이나 강, 바다, 나무, 큰 돌, 성(城) 더 나아가 용, 호랑이, 곰 같은 동물에게도 크고 작은 신이 있다고 여겼거든. 예를 들면 일본이 자랑하는 미야자키 하야오 감독의 애니메이션 '모노노케 히메(1997)', '센과 치히로의 행방불명(2002)' 등에서 자연과 동물에 깃든 여러 신들이 등장하는 모습을 떠올리면 좋을 듯.

　한편 통일신라에서는 이들 여러 신 중 각기 중요도에 따라 서열을 부여하여 대사, 중사, 소사로 제사의 격을 나누었다. 이를 통해 전국의 명산대천에 대한 제사 권리를 장악하여 신의 영역까지 국가의 힘이 적극 투영되도록 만들었으니, 이로서 국가통치권은 현실통치를 넘어 영적인 세계까지 장악하게 되었지. 물론 이러한 제사는 신라로 통합된 여러 지역민들을 회유하는 정책의 일환이기도 했다. "너희가 그동안 모시던 신을 신라에서 국가제사로 모시겠다." 뭐 이런 의미가 내포되어 있으니까.

속리악(俗離岳) 삼년산군(三年山郡), 추심(推心) 대가야군(大加耶郡), 상조음거서(上助音居西) 서림군(西林郡), 오서악(烏西岳) 결기군(結己郡), 북형산성(北兄山城) 대성군(大城郡), 청해진(淸海鎭) 조음도(助音島)가 있다.

《삼국사기》 제사(祭祀) 중사로 지내는 기타 지역

《삼국사기》 제사 중 중사로 지내는 지역 중에서 "추심(推心) 대가야군(大加耶郡)"이 있구나. 그래. 이 기록을 통해 통일신라시대 대가야 지역의 추심에서 제사가 존재했음을 알 수 있다. 그렇다면 추심은 과연 어디였을까? 안타깝게도《삼국사기》에는 대가야군, 즉 옛 대가야 지역에 추심이 있다는 기록 외에는 정확한 위치가 남아 있지 않다. 다만《신증동국여지승람(新增東國輿地勝覽)》 합천군 사묘조에서 "정견천왕사(正見天王祠)는 해인사 안에 있다. 속설에는 대가야의 왕후 정견모주가 죽어서 산신이 되었다고 한다."라는 기록이 있어 학계에서는 해인사에 본래 대가야군 제사가 개최되던 추심이 있지 않았을까 추정 중.

실제로 신라 역사를 살펴보면 불교 도입 후 토착신앙이 중요하게 여긴 장소에다 사찰을 세워 신앙의 대상을 바꾸는 일이 자주 있었다. 예를 들면 신라가 불교를 도입하면서 법흥왕이 이차돈에게 명하여 지은 사찰이 흥륜사였는데, 해당 사찰이 위치한 곳은 천경림(天鏡林)이라는 숲이 있던 자리로서 본래 토착신앙의 중심지였지. 그런 만큼 토착신앙을 믿던 귀족들의 반발이 커지자 이차돈의 순교를 통해 법흥왕의 의도대로 사찰이 건립되기에 이른다. 이는 불교가 신라 왕권을 상징하는 종교로 올라서는 중요한 계기가 되었다.

마찬가지로 경주 이외의 지역 역시 삼국통일 전쟁 후 어느 정도 행정적 통합이 완료되자 토착신앙의 중심지에다 사찰을 건립함으로써 신앙의 대상을 왕권을 상징하는 불교로 바꾸는 작업이 이어졌다. 물론 그렇다고 과거의 신앙을 완전히 제거한 것은 아니며 함께 융합하는 방식, 즉 그 지역의 신을 모시는 전각을 사찰 내에 설치하는 형태로 불교와 함께 지속되도록 만들었지. 방금 전 방문한 국사단이 바로 그런 모습의 흔적이다.

여기까지 살펴보니, 본래 대가야의 시조 어머니를 모시던 장소를 추심이라 부르며 신라 정부 주도로 제사를 지내다, 나중에 해인사라는 사찰을 건립함으로서 신라 왕실과 연결되는 공간으로 재구성하였음을 알 수 있군. 이러한 흐름 속에 대가야 지역 유민들과 정서적으로 유대감이 높으면서 신라와도 남다른 관계가 있던 월광태자가 다시금 중요 인물로 부각되었고, 덕분에 그의 후손인 순응, 이정이 신라 왕실의 적극적인 지원 속에 해인사 건립에 적극 나설 수 있었던 것이다. 물론 순응, 이정 역시 해인사를 지으면서 신라에 병합되어 사라진 대가야의 혼을 위로하고자 했었겠지.

성철스님 사리탑

해인사 일주문을 나와 조금 더 걸어가면 성철스님 사리탑을 만날 수 있다. 아까는 바쁘게 이동하느라 그냥 지나쳤는데, 오랜만에 한 번 가볼까?

1993년 성철스님이 돌아가셨을 때 일반 사람들의 최대 관심은 사리였던 것으로 기억한다. 당시 어린 나이였음에도 TV에서 성철스님 다비식 모습을 반복적으로 보여주며 사리 이야기가 나오던 기억이 여전히 강하게 남아있거든. 동시대 이름난 큰 스님들에게서 13개, 20개의 사리가 나왔다며 놀라워하던 시절이었으니 "산은 산이요. 물은 물이로다", 3000배, 8년간 눕지 않고 앉아 있는 수행인 장좌불와(長坐不臥) 등으로 생전 명성이 남달랐던 성철 스님은 과연 어떠할까? 가히 초미의 관심사이기도 했다.

그런데 웬걸? 사리가 무려 110여 개가 나온 것이다. 그 수치는 가히 대단하여 불교를 창시한 석가모니 이후 최대라 알려졌지. 덕분에 돌아가시고 더욱 유명한 스님으로 알려진 듯하다. 불교계에서 유명한 인물을 넘어 전국적으로 유명한 인물이 되었으니까.

성철스님 사리탑. 기존의 사리탑과 다른 현대적인 디자인을 보여주고 있어 인상적이다. ⓒPark Jongmoo ⓒHwang Yoon

오죽하면 성철 스님의 사리가 공개되자 전국에서 이를 보기 위해 수많은 사람들이 모여 줄을 서서 기다렸으며, 이 중에는 신도가 아님에도 사리를 보고 싶어 모인 사람도 많이 있었다는군. 그렇게 시간이 지나 사리를 보관할 사리탑이 세워졌는데, 아~ 저기 보이네.

가장 위에는 둥근 원이 보름달처럼 있고 그 아래는 반원이 쪼개져 기단을 이루고 있다. 마치 현대미술 같은 조각으로 기존의 사리탑과는 전혀 다른 형식이라 만들 당시부터 큰 반향을 일으켰다. 지금 다시 보아도 참으로 현대적인 감각이야. 물론 불교계에서는 '사리 = 높은 깨달음'을 뜻하는 것이 아니라고 강조하는 모양이지만, 그럼에도 불구하고 일반 사람들에게 사리가 신비하게 다가오는 건 어쩔 수 없나봄. 당장 나부터 그러하거든. 성철 스님 다비식 이후부터 사리의 신비에 깊게 빠져 있다고나 할까? 언젠가 기회가 되면 사리 관련한 책도 한 번 써보고 싶네. 석가모니 사리부터 고승의 사리까지 등장하는 이야기? 흠흠.

이렇게 사리탑을 감상하다보니 뜬금없이 최치원과 해인사의 인연이 생각나는군. 왜냐하면 성철 스님 사리탑 근처에는 '해인사 길상탑'이라는 3m 높이의 작은 탑이 하나 있는데, 탑 안에서 최치원의 글

해인사 길상탑. 탑 안에서 탑이 세워진 시기와 목적이 기록된 최치원의 금석문이 발견되었다. ⓒHwang Yoon

이 담긴 금석문이 발견되었기 때문. 해당 금석문을 소위 해인사묘길상탑기(海印寺妙吉祥塔記)라 부르며, 탑이 세워진 시기와 그 목적이 기록되어 있다. 내용인 즉 통일신라 말기 해인사로 도적이 쳐들어오자, 이를 막는 과정에서 56명의 승려와 속인이 죽음을 맞이했는데, 이들의 영혼을 위해 삼층석탑을 만든 것.

당나라 19대 황제가 중흥(中興)을 펼칠 즈음에, 전쟁과 흉년 두 재앙이 서쪽에서 멈추고 동쪽으로 왔다. 악(惡) 중의 악이 벌어지지 않은 곳이 없어 굶어 죽거나 싸우다 죽은 시체가 들판에 별처럼 즐비하게 널려 있었다. 해인사의 별대덕(別大德)인 승훈(僧訓)이 이를 몹시 애통해하더니, 이에 도사(導師)의 힘을 베풀어 미혹한 중생의 마음을 이끌어 각자 벼 한 줌을 내게 하여 함께 옥돌로 삼층탑을 이루었다. 원하는 법륜(法輪)의 계도는 대개 호국을 으뜸으로 삼는데, 그 가운데서도 특별히 원통하게 횡사하여 고해에 빠진 영혼을 구제하고, 간소한 제사로 저들이 명복을 받아 영원토록 썩지 않고 여기 3층탑에 있는 것이다. 건녕(乾寧) 2년(895) 7월 16일에 기록한다.

해인사묘길상탑기(海印寺妙吉祥塔記)

건녕(乾寧) 연간 어지러운 세상에 해인사에서 나라와 삼보(三寶)를 지키고자 싸우다 사망한 승려와 속인의 아름다운 이름을 좌우에 쓴다.

판휜(判萱) 예엄(芮嚴) 억혜(憶惠) 승필(僧必) 규길(圭吉) 봉학(鳳鶴) 예홍(芮弘) 동영(東英) 심용(心用) 회구(回久) 명종(名宗) 인권(忍券) 영암(永俺) 안유(安柔) 평종(平宗) 언회(言會) 정영(正永) 총달(悤達) 평달(平達) 견필(堅必) 개각(開角) 준예(俊乂) 제광(帝光) 통정(通正) 도견(到堅) 금선(今善) 진거(珎居) 희행(希幸) 안상(安相) 종예(宗乂) 순종(旬宗) 총휴(悤休) 권잠(券湛) 평길(平吉) 재현(才賢) 긴정(緊丁) 흔해(昕海) 과여(弋如) 금길(今吉) 개운(開云) 심해(心海) 이구(利垢) 안심(安心) 포미달(布弥達) 기명(其名) 총선(悤善) 총영(悤永) 식연(式然) 홍길(弘吉) 문영(文永) 소애(小哀) 아조(阿祖) 능신(能信) 견길(萱吉) 윤언(允言) 기열(其悅)

해인사 호국삼보 전망치소옥자(海印寺護國三寶戰亡緇素玉字)

모두들 잘 알겠지만 최치원은 당나라에서 빈공과, 즉 외국인 과거시험에 18세에 합격한 후 중국에서 활동하다가 28세의 나이로 신라로 돌아온, 요즘 기준으로 보면 나름 국제 유학생 출신이다. 특히 당나라에서 남다른 문장력으로 큰 활약을 하였기에 신

라 정부에서는 그를 높게 대우했는데, 894년 개혁내
용을 담은 '시무 10조'를 왕에게 올리자 6두품에게
줄 수 있는 최고관등인 아찬을 줄 정도였거든.

최후에는 가족을 데리고 가야산 해인사에 은거
하면서 친형인 승려 현준(賢俊) 및 정현사(定玄師)
와 도반이 되었다. 한가로이 지내다 노년을 마쳤다.

《삼국사기》 열전 최치원

하지만 당시 신라는 여러 지역에서 난이 벌어지
는 등 갈수록 통제력을 잃어가는 중이었다. 이에 최
치원은 이번 생에서 더 이상 자신의 꿈을 펼칠 수 없
음을 깨닫고 가야산에 은거하였다. 마침 최치원의
형이 해인사로 출가하여 승려가 되었기에 그는 이곳
과 본래부터 남다른 인연이 있었거든.

제가야산독서당(題伽倻山讀書堂)

狂奔疊石吼重巒(광분첩석후중만)
첩첩한 바위에 무겁게 달려 겹겹한 산이 울려
人語難分咫尺間(인어난분지척간)
지척에서도 사람들의 말 분간하기 어렵네.
常恐是非聲到耳(상공시비성도이)

항상 시비의 소리 귀에 닿을까 두려워

故教流水盡籠山(고교류수진롱산)

일부러 흐르는 물로 온 산을 둘렀네.

《동문선(東文選)》최치원의 한시

　　이는 최치원이 가야산 해인사에 은거하며 지은
시로 세속과 단절한 채 살고자 한 그의 마음을 여실
히 보여준다. 그렇게 해인사와의 인연은 895년 해인
사묘길상탑기(海印寺妙吉祥塔記), 898년 해인사 중
창 관련 글, 900년 선안주원벽기, 901~904년 동안 석
순응전과 석이정전, 법장화상전(法藏和尚傳), 부석
존자전(浮石尊者傳) 등을 집필하며 이어졌다. 하지
만 908년을 마지막으로 더 이상 최치원의 흔적은 역
사에 남아 있지 않다. 대략 908년 이후 가까운 시점
에 세상을 뜬 것으로 추정.

　　여하튼 해인사와 깊은 인연이 있는 최치원의 여
러 기록 덕분에 대가야 및 해인사에 대한 옛 정보를
조금이라도 얻을 수 있어 참으로 다행이다. 음. 기왕
이렇게 이야기가 시작된 거 오랜만에 대가야 유적지
나 가볼까? 이곳에서 버스를 타고 이동하면 금세 고
령이거든. 한 40분 정도 걸리려나? 그 정도로 대가야
중심지 고령은 해인사 가까이에 위치한다.

　　사실 대가야는 5세기 이후 후기 가야 연맹을 이끌

었기에 가야 역사상 중요도가 남다르거든. 하지만 중요도에 비해서 주목은 덜 받았으니, 남아 있는 역사기록이 부족한 데다, 그동안 가야에 대한 전반적인 관심이 적었기 때문이다. 그런 만큼 이번 여행을 통해 대가야의 100% 모습은 아니어도 어느 정도 그 형체를 그려보는 것을 목표로 삼고자 한다.

다만 오늘은 이 근처 펜션에서 하루 자고 내일 출발해야겠다. 광명역에서 동대구역까지 KTX를 탄 후 다음으로 대구 서부터미널에서 버스 타고 해인사까지 들러 여기저기 구경했더니 어느덧 하루가 끝나가는 모양새라. 피곤도 하고 말이지.

2. 고령 가는 버스

달의 정원

오후 7시가 넘어가니 사람이 확 줄어든 식당거리. 날이 저무는 사이 사찰과 가야산에 있던 사람들이 하나 둘 하산하면서 어느덧 해인사 앞에 위치한 식당거리에도 사람이 많이 안 보인다. 시간이 시간인만큼 배가 고프니 근처 아무 식당이나 들어가서 산채비빔밥이나 먹어야겠다. 이곳에 올 때마다 희한하게도 비빔밥이 매번 먹고 싶더라고.

가게에 들어가서 "산채 비빔밥 하나요"라 외치고 자리에 앉는다. 점심시간에는 사람들로 가득 찼을 텐데 지금은 나 포함 3명 정도만 넓은 홀에 자리 잡고 있네. 조금 기다리니 가장 먼저 버섯 요리를 시작으로 나물 반찬이 쭉 깔리더니 비빔밥이 등장. 가운데 계란이 정말 먹음직스럽게 올라와 있군. 여기다 마지막으로 뜨끈뜨끈한 된장찌개까지 등장하면서 먹을 준비 끝. 우와, 참으로 푸짐하다, 푸짐해. 아마 전국에서 비빔밥을 가장 푸짐하게 선보이는 곳이 해인사 앞 식당이 아닐까?

밥을 비벼 먹으며 된장찌개를 중간 중간 입에 넣

해인사 앞 식당거리의 산채 비빔밥. ©Hwang Yoon

으니, 극락이 따로 없구나. 걸신들린 듯 반찬까지 싹
싹 접시를 비워내듯 먹자 배가 점차 **빵빵**해진다. 여
러 나물 반찬 덕분에 건강 식단을 먹는 느낌이 들어
서 더욱 만족스럽군. 해인사 앞 식당의 비빔밥은 어
느 가게든 다 맛있다는 것을 다시 한 번 깨닫는다.

　이렇게 밥을 다 먹고 나니 '나도 나이가 들면 최
치원처럼 해인사 근처로 와서 살까?' 하는 생각이 잠
시 스친다. 그만큼 만족스러운 식사였다는 의미. 이
제 식당 밖으로 나가 맑은 공기를 마시며 언덕 위 숙
소를 향해 이동해보자.

　본래 이 주변에는 해인관광호텔이라 불리는 나름
저렴하고 공간도 넓은 데다 산이 보이는 뷰까지 홀

해인사 근처 한옥 펜션 달의 정원. ©Hwang Yoon

숙소에서 보이는 가야산 경치. ⓒPark Jongmoo

룽한 숙소가 있었는데, 근래 폐업했는지 문이 닫혔다. 호텔 내 한식당도 괜찮았던 기억인데, 아쉽네. 대신 해인관광호텔 앞에 위치한 '달의 정원'이라는 이름을 지닌 한옥 펜션을 이번 숙박 장소로 골랐다. 이름이 참 시(詩)적이야. 달의 정원이라.

안으로 들어서자 한옥 건물 앞으로 정원이 있는데, 이야. 정말 예쁘게 정원을 꾸며놓았구나. 숙소 내 카페에 들러 키를 받아 방으로 들어서자 작은 방에 침구류와 TV, 냉장고, 화장실이 옹기종기 모여 있네. 아늑하고 좋아 보인다. 무엇보다 한옥이라 그런지 나무향이 기분을 절로 좋게 만들어준다. 방 밖으로 나오면 대청마루에 의자와 탁자를 배치해두었으며 앉아서 밖을 보니 꽤 운치 있다.

그럼 오늘 많이 걷고 본 만큼 일찍 자야겠다.

부족한 대가야 역사 기록

다음날 새소리를 들으며 잠에서 깼다. 시간을 보니 새벽 5시로군. "일찍 일어나는 새가 벌레를 잡는다"라는 미국의 명언이 갑자기 생각하네. 하긴 내가 사는 안양 집도 관악산 옆에 위치하여 매일 새소리를 들으며 살고 있지. 하하. 역시 산은 생명이 깃드는 장소야. 아직 새벽이지만 잠이 깼으니, 스마트폰을 꺼내 지도를 보면서 오늘 계획이나 대충 짜봐야겠다.

이번 해인사 방문 중 갑자기 대가야에 깊은 흥미가 생긴 만큼 해인사 시외버스터미널에서 고령 가는 버스를 타고 이동할 예정이다. 대가야 중심지가 다름 아닌 고령이니까. 다만 이곳 숙소에서 8시부터 조식으로 토스트를 제공한다고 하므로 그걸 먹고 이동하자. 여행 때 아침을 뭘 먹을까 고민하는 것이 생각보다 매우 귀찮은 일이거든. 한편 고령에는 대가야 고분으로 유명한 지산동 고분과 대가야박물관이 함께 위치하고 있기에 그곳으로 이동하면 될 듯. 오케이. 대략 이렇게 짜놓고, 혹시 중간에 계획이 변경되

면 새로운 여행을 추가해야겠다. 왠지 느낌이 단순
한 고령 여행으로 끝날 것 같지 않거든.

그나저나 아침 먹으려면 아직 시간이 많이 남았
으니 대가야 역사 기록의 한계에 대해 간략히 소개
해볼까?

> 고령군(高靈郡)은 본래 대가야국(大伽倻國)이 시
> 조 이진아시왕(伊珍阿豉王)에서 도설지왕(道設智
> 王)까지 모두 16대 520년 이어졌던 곳이다. 진흥왕
> 이 공격하여 멸망시키고 그 땅을 대가야군(大伽倻
> 郡)으로 하였다.
>
> 《삼국사기》 잡지 지리(地理) 고령군

안타깝게도 대가야를 명시적으로 언급하는 《삼국
사기》 기록은 이것뿐이다. 지리를 설명하는 과정 중
고령에 한때 16대 520년의 역사를 지닌 대가야국이
있었고, 진흥왕 때 멸망하여 대가야군(大伽倻郡)이
되었다는 짧은 내용이 그것. 참고로 여기서 군(郡)이
란 신라의 지방 행정체제를 뜻하니, 이는 곧 대가야
가 신라의 일개 군으로 편입되었음을 의미한다.

> 가야국의 왕이 사신을 보내 혼인을 청하므로, 왕
> 이 이찬(伊飡) 비조부의 누이를 보냈다.

《삼국사기》 신라본기 법흥왕 9년(522) 3월

백제왕 명농(明穠, 성왕)이 가야와 함께 와서 관산성을 공격하였다.

《삼국사기》 신라본기 진흥왕 15년(554) 7월

이외에 《삼국사기》 기록은 위의 두 예시처럼 대가야라 분명하게 명시되기보단 단순히 가야라고 표기되어 있어 해당 기록의 가야가 대가야를 뜻하는지 아님 또 다른 가야를 뜻하는지 학계의 의견이 분분한 경우가 대부분이다. 이처럼 대가야 기록이 빈약한 이유는 《삼국사기》가 고구려, 백제, 신라를 주인공으로 삼은 역사서인 관계로 가야 역사를 주변국 중 하나처럼 다루었기 때문. 그래서일까? 김부식이 《삼국사기》를 편찬할 때 가야 역사도 또 다른 주인공으로 삼아 포함시켰다면 얼마나 좋았을까 하는 아쉬움이 생기는걸. 그럼 사국사기(四國史記)가 되었을지도.

그나마 가야 역사를 어느 정도 담고 있는 《삼국유사》 역시 김해의 금관가야가 주로 언급될 뿐 대가야는 거의 다루어지지 않았다. 상황이 이렇다 보니 대가야 멸망 후 약 330년이 지나 최치원이 남긴 석순응전, 석이정전, 해인사 창건 내용 등이 부족한 대로 대가야 역사를 담은 기록이 되고 만 것. 만약 최치원마저 없었다면 대가야 역사의 빈곤함이 어떠했을지 참으로 아찔하네.

이처럼 기록이 부족한 만큼 고고학적인 발굴 조사가 대가야 역사를 그려보는 데 매우 중요한 요소라 하겠다. 고구려, 백제, 신라 역시 고고학 발굴 조사가 역사의 얼개를 파악하는 데 있어 의미가 있지만 어쨌든 역사기록이 어느 정도 존재하여 대략 큰 그림을 그릴 수 있는 반면, 대가야는 기록 자체부터 부족하여 어쩔 수 없거든.

그래서일까? 고령의 대가야박물관은 근대부터 최근까지의 고고학 발굴 성과를 바탕으로 관람객에게 대가야의 역사를 상세히 보여주고자 노력 중이다. 이에 박물관을 방문하여 과거 대가야의 위용을 한번 그려보자. 자, 그럼 새벽 산책을 잠시 즐기고 난 후 밥을 먹어야겠군. 여행 오면 주변동네를 새벽 조용한 시점에 돌아보는 것이 개인적인 취미인지라.

버스 타고 고령으로

새벽에 동네 한 바퀴를 돌고 왔다. 조용한 분위기에 산 속 마을을 돌아보니 기분이 무척 좋구나.

방에 들어와 씻고 기다리자, 곧 숙소 내 카페에 불이 켜졌고 오전 8시에 맞추어 토스트 5개와 미숫가루를 주문하였다. 참고로 빵과 잼, 버터는 서비스, 즉 무료이나 물을 제외한 음료수는 계산해야 함. 주문한 음식을 가져와 방 앞 대청마루에 자리 잡은 의자에 앉아 가야산 경치와 아침 바람을 느끼며 아침을 먹는다. 오호! 이거 완전히 신선 노름이네. 그렇게 자연을 감상하며 5개의 토스트를 미숫가루와 함께 다 먹고 나니 배가 가득 찬 느낌이다. 우와, 잘 먹었다. 배가 빵빵해졌으니 오늘 여행도 잘할 수 있겠구나.

자, 아침도 금세 다 먹었고 8시 40분 버스를 타러 이동해볼까? 간단히 정리하고 짐을 챙겨 숙소를 나온다. 그렇게 버스 정류장에 가서 표를 구입한 후 버스로 탑승. 나를 포함한 몇몇 손님들이 버스에 탄 후 얼마 지나지 않아 버스는 출발하였다. 해인사 출발 버스는 대구까지 가면서 중간 중간 마을 정류장마다

숙소에서 제공된 아침식사 토스트와 미숫가루 음료. ©Park jongmoo

주민들을 태운다. 흥미로운 점은 버스 기사가 각 정류장 주민이 탈 때마다 마치 아는 사람처럼 집안 분위기도 물어보며 대화를 걸고, 주민들 역시 버스 기사를 포함하여 거리가 먼 지역의 주민과도 반갑게 인사를 하며 이야기를 나눈다는 것. 아무래도 오랜 기간 일정한 시간 운행하는 버스를 타며 이어진 인연인가보다.

그렇게 대구로 이동하면 이동할수록 더 많은 사람들이 버스를 타니, 어느덧 버스 안은 승객들로 반쯤 찬 상황. 어느덧 고령읍에 들어서고, 나는 대가야 박물관 근처 정류장에서 내린다. 나름 고령읍으로 들어서자마자 등장하는 정류장이지.

한편 과거 대가야 수도가 위치했던 이곳은 현재 고령군이라 불리며 인구 3만여 명이 살고 있다. 한때는 인구가 6~7만에 이른 적도 있지만 안타깝게도 시간이 흐르며 꾸준히 줄어드는 중이라 하더군. 게다가 고령은 대구와 차로 40~50분 거리여서 상당히 가까운 편. 이에 타 지역 사람들은 대구를 통해 이곳으로 오는 경우가 대부분이다. 대구 근교를 여행하는 느낌으로 말이지. 마침 나 역시 어제 해인사로 갈 때 대구에서 버스를 타고 고령을 거쳐 해인사로 갔으니까. 그때 버스 창밖으로 고령의 자랑인 지산동 고분군을 지나치듯 잠시 감상했었지.

요즘 고령군에서는 매년 4월마다 대가야축제를 펼치는 중인데, 그만큼 대가야 고분과 유적지를 통해 관광 사업을 활성화시키려는 노력이 엿보인다. 예를 들면 불꽃놀이, 대가야 고분 야간투어, 가야금 공연, 창작 뮤지컬, 대가야 길 퍼레이드 등이 행사 내용에 있거든. 다만 이곳에 경제적으로 더욱 큰 도움이 되고자 한다면 단 1박이라도 숙박하는 관람객 유치가 중요할 텐데, 숙박시설이나 카페, 식당, 즐길 공간 등을 바로 옆 230만 인구를 자랑하는 대도시 대구와 경쟁해야 하는지라. 음, 물론 고령군도 다 계획이 있겠지.

이런저런 생각을 하며 걸음을 재촉하자 벌써 대가야박물관 도착이다. 보아하니 박물관 앞 주차장에는 버스가 가득하고 아이들 소리로 왁자지껄하구나. 초등학생들이 견학으로 박물관을 방문한 모양이다. 역사를 직접 탐방하며 경험하는 모습이 참으로 아름답게 느껴지는걸.

3. 지산동 고분

등산 시작

박물관은 9시 시작인만큼 이미 열렸으나 박물관 방문 전 대가야왕릉전시관 옆 등산로를 따라 등산부터 시작하기로 한다. 이곳 산 이름은 주산(主山)으로 다름 아닌 지산동 고분군, 즉 대가야 고분이 여기에 위치하고 있거든. 박물관에 들르기 전 이곳 탐방이 먼저라 생각되어서.

"우와, 멋지다 멋져!"

생각보다 급한 경사를 지닌 산자락을 따라 크고 작은 고분들이 소나무와 함께 등장하여 참으로 장관인데, 이곳 고분 숫자가 무려 700여 기에 다다른다고 하더라. 이 중 큰 고분은 높이만 5~6m에 이를 정도로 남다른 크기를 자랑하고 있다. 무엇보다 경사 높은 산과 일체된 형태라 그런지 그 크기가 더욱 돋보이는 느낌. 본래 크기보다 더 크게 다가온다고나 할까? 뿐만 아니라 고분 따라 잘 조성된 길을 걷다보면 중간 중간 조사, 발굴 과정에서 나온 유물 및 무덤 구조를 상세히 설명한 푯말이 배치되어 있어 관람자에게 마치 타임머신을 탄 기분을 주는걸.

700여 기의 고분들이 분포되어 있는 지산동 고분군. © Park Jongmoo

지산동고분군

47
45
44

35 34
33 32

대가야박물관

74 73
30
75

고령 지산동 고분 분포도. 고분 숫자가 무려 700여 기에 다다른다.
대가야박물관.

능선을 따라 산에 조성한 지산동 고분. ⓒPark Jongmoo

　이렇듯 가야 고분은 능선을 따라 산에다 조성한 모습으로 만날 수 있는데, 이는 비단 고령의 대가야뿐만 아니라 김해의 금관가야, 함안의 아라가야, 창녕의 비화가야 등도 마찬가지. 이를 미루어 볼 때 가야인들은 높은 지대를 하늘과 가깝게 느끼며 신성시하는 문화가 있었던 것 같다. 반면 동시대 가야와 대립하던 신라의 경우 경주 대릉원처럼 평지에 거대한 무덤을 만들었는데, 그래서인지 몰라도 고분 높이는 더욱 높아 12~22m에 이른다. 아무래도 평지에서 남다른 위압감을 보여주기 위해서는 산 능선에 고분을

지산동 고분 44호분. 당당한 모습이 일품이다. ⓒPark Jongmoo

만든 가야보다 더욱 큰 크기의 무덤이 필요했나보
다. 물론 경주에서도 서악동 고분군이라 하여 경주
선도산 산자락에 조성한 12~15m 높이의 고분이 있
지만, 가야에 비해 드문 편이지.

그렇게 여러 고분을 감상하며 산 정상부를 향해
서서히 올라가자, 시원한 산바람이 부는 아침임에도
점차 등에 땀이 흐르네. 하지만 매일 집 앞에 위치한
관악산 등산으로 단련된 내 다리는 이 정도 등산쯤
이야 익숙하다. 올라가다보니 여기저기 나 이외에도
은근 오전 등산을 즐기는 사람이 소수지만 보이는구

지산동 고분 45호분. ©Park Jongmoo

나. 한국에서 등산의 인기란 참으로 대단해.

　오르고 올라 이윽고 목표한 지점에 다다랐다. 산의 경사가 급격하게 내려가기 전의 평평한 땅에 위치한 지산동 고분 44호분이 그것. 유달리 우뚝 서 있는 모양새라 어느 누구든 이곳을 방문하면 지산동 44호분의 위치가 좀 남다르다는 생각을 하게 만들지. 헌데 해당 고분은 오랜 세월 놀라운 이야기를 숨기고 있었으니, 1977년 조사한 결과 지름 25~26m의 고분 내부에 엄청난 숫자의 순장 묘가 함께 등장하여 학계에 큰 충격을 주었거든. 조사 결과 중간 자리에는 무덤의 주인이 묻히고 그 주위로 둥글게 호위하듯 32기의 순장 묘가 배치된 내부 형태였던 것. 오죽하면 조사 결과 44호분에는 순장된 사람만 최소 35명 이상이라 하더라. 한 인물을 위해 어마어마한 숫자의 순장자가 함께했음을 알 수 있다.

참고로 순장이란 지배자가 죽으면 그의 시중을 들던 사람들 및 가까운 신하를 함께 죽여 묻는 풍습으로 생전의 윤택한 삶을 죽어서도 이어가라는 의미를 지니고 있었다. 이를 위해 호위무사, 의례관련자, 재산관리자, 마부, 시종, 권력자의 비첩(妃妾) 등이 순장자로 선택되었다고 하지. 게다가 순장자임에도 금 귀걸이, 칼, 때때로 금동 모자 꾸미개 등을 지니고 있는 경우가 있어 일부는 나름 신분이 상당히 높은 계층으로 추정되기도 한다. 즉 당시 순장은 의외로 다양한 신분이 함께했던 것.

가을 9월에 왕이 돌아가셨다. 시원(柴原)에 장사 지냈다. 이름을 동천왕이라 하였다. 나라 사람들이 왕의 은덕을 생각하여 슬퍼하지 않는 자가 없었다. 가까운 신하로서 스스로 목숨을 끊고 따라 죽으려고 하는 자가 많았으나, 새 왕이 예(禮)가 아니라 하여 이를 금하였다. 장례일에 이르러 무덤에 와서 스스로 죽는 자가 매우 많았다. 나라 사람들이 잡목을

베어 그 시체를 덮었으므로, 마침내 그 땅의 이름을
시원(柴原)이라 하였다.

《삼국사기》 고구려 본기 동천왕 22년(248)

이는 고구려 때 기록으로 동천왕이 죽은 후 새로
즉위한 왕이 순장을 금지하도록 명했음에도 풍습이
남아 여전히 가까운 신하가 스스로 동천왕 무덤으로
와 목숨을 끊은 사건이다. 이에 동천왕을 따라 스스
로 죽은 이들을 위해 왕릉 옆에 따로 나무로 시신을
덮어주었다고 하는군. 아마 대가야시대에도 이런 모
습으로 신분이 높은 인물임에도 스스로 순장자가 되
어 죽음을 택하는 이들이 종종 있었던 모양. 죽은 왕
과 함께 저승으로 가겠다는 의도로 말이지.

한편 44호분 북쪽 가까이로 45호분, 그리고 47호
분이 위치하고 있는데, 45호분은 44호분보다 약간
작은 비슷한 크기인 반면, 47호분은 지산동에서 가
장 큰 규모를 자랑하는 고분으로서 지름이 무려 49m
에 이른다. 이는 지름 47m의 경주 천마총과 거의 유
사한 크기로서 그만큼 대가야 역사에 있어 상당히
높은 대접을 받은 인물이 묻힌 장소로 추정 중.

헌데 이런 대가야 고분들 중 상당수가 경주 대릉
원의 신라 고분과 달리 안타깝게도 도굴을 당해 온
전한 모습을 보이지 못하고 있으니 안타깝다.

도굴 당한 고분들

> 현의 서쪽 2리쯤 되는 곳에 옛 무덤이 있는데, 금
> 림왕릉(錦林王陵)이라고 일컫는다.
>
> 《신증동국여지승람》 권29 경상도 고령현

조선 전기 지리서인 《신증동국여지승람》에 따르
면 금림왕이라 불리던 왕의 고분이 고령에 있다고
전해진다. 하지만 해당 기록에 금림왕의 무덤 위치
외에는 어떠한 역사적 업적을 세운 인물이었는지 구
체적 내용이 없는 데다 《삼국사기》 등 다른 역사 기
록에는 전혀 등장하지 않은 이름인지라 실존인물인
지조차 단언하기 어렵다. 한마디로 고령 지역에 전
해지던 전설 속 대가야 왕일 수도 있다는 의미.

그래서일까? 사람들은 오랜 기간 지산동 고분 중
가장 큰 규모를 자랑하는 47호분을 다름 아닌 금림
왕릉으로 여겼다. 그러다 이 무덤을 새롭게 주목하
는 시대가 열렸으니, 바로 일제강점기 때다. 아시다
시피 이때는 한민족 역사에 있어 가장 치욕적인 시
절 중 하나였다.

지산동 47호분 출토 금동 화살통. 국립중앙박물관.

일본은 1910년부터 지산동 고분 중 20여 개의 고분을 조사했다. 이는 다름 아닌 고대에 일본이 한반도 남부를 지배했다는 '임나일본부설' 주장에 근거가 될 만한 고고학 증거를 찾는 노력의 일환이었다. 김해나 함안 고분에서 임나일본부의 흔적을 찾던 시선을 고령 고분까지 확대했던 것. 임나일본부설은 나중에 시간을 봐서 설명을 더 이어가기로 하고.

그러다 1939년 조선총독부의 외곽 단체였던 조선고적연구회는 지산동 47호분을 주목하였으니, 이 발굴에는 한반도에서 활동 중인 일본 고고학자 아리미쓰 교이치(有光敎一), 사이토 다다시(齋藤忠) 등이 참여하게 된다. 다만 안타깝게도 사진 일부 외에는 발굴 보고서를 남기지 않아 상세한 조사 과정과 출토 유물에 대한 정확한 정보는 알 길이 없다. 대신 국립중앙박물관이 47호분에서 출토된 금동 화살통과 용 봉황 장식 고리자루 큰 칼을 소장하고 있어 일제강점기 시절 조사된 결과물 중 일부만 확인할 수 있는 상황. 큰 규모의 고분인 만큼 상당한 양의 유물이 출토되었겠지만, 대부분 그 소재를 알 수 없고 확실하게 47호분에서 출토된 것으로 알려진 유물은 현재 고작 두 점뿐이라니 애석하기 그지없군.

시간이 지나 고령 지산동 고분을 발굴한 아리미

지산동 47호분 출토 용 봉황 장식 고리자루 큰 칼. 국립중앙박물관.

쓰 교이치는 한반도가 독립하자 일본으로 돌아가 교토대학 교수를 역임했으며, 말년에 들어와 조선 고적조사연구회 주관으로 본인이 조사하였으나 보고서가 발간되지 않았던 유적의 보고서 발간작업을 진행하였다. 그 과정에서 발굴조사로부터 무려 60여 년이 지난 2002년, 47호분 무덤 주인공을 신라 이찬 비조부의 누이와 결혼한 대가야 이뇌왕(異腦王)으로 추정하기에 이르렀으니.

　　가야국의 왕이 사신을 보내 혼인을 청하므로, 왕이 이찬(伊飡) 비조부의 누이를 보냈다.

그렇다. 앞서 살펴본 기록 속 가야국 왕이 바로 그 주인공으로서 월광태자의 아버지였지. 물론 이는 일본학자의 추정에 불과하며 정확한 무덤 주인공은 지금도 여전히 알 수 없다. 출토된 유물 대부분이 어디 있는지 알 수 없기에 추가 연구마저 어렵고 말이지. 게다가 당시 일본 학자는 47호분과 지산동의 3개 고분을 함께 발굴했다고 하는데 47호분을 제외한 고분들은 아예 어느 위치의 무덤을 조사했는지도 알려져 있지 않다. 이렇듯 형식마저 제대로 갖추지 못한 채 이루어진 조사였기에 현재 고고학계에서는 사실상 도굴 수준의 발굴이라며 비판하는 중. 개인적으로 제대로 되갚아주고 싶은데 언젠가 일본을 장악해서 우리 마음대로 일본 고분을 조사하는 방법 외에는 당장 생각이 안 나는군. 그 외에 좋은 방법이 또 뭐가 있을까?

이렇듯 일본 내 이름난 고고학자가 동원된 발굴 조사가 이런 상황이었으니 일제강점기와 독립 이후 시점, 그러니까 근현대 시점에는 도굴꾼들이 지산동 고분을 도굴하는 일이 무척 잦았던 모양이다. 당시에는 박물관 건립, 수많은 고미술 수집가 등이 등장하며 어마어마한 규모의 고미술 시장이 만들어지던

44, 45, 47호분에서 산 아래를 바라보면 등장하는 뷰. 고령 전반이 펼쳐 보인다. ©Park Jongmoo

중이라 고분 하나하나가 마치 보물창고처럼 다가오던 시점이었거든. 당연하게도 몰래 꺼내진 유물이 고미술 시장에서 적극 유통되었으니, 그 과정 중 대가야의 놀라운 유물도 세상에 널리 알려졌다.

가야 금관

등산을 마무리하고 내려가볼까? 고분이 산 위로 더 있지만 44, 45, 47호분까지 감상했더니 슬슬 내려가고 싶어졌다. 우와~ 뒤돌아 산 아래를 바라보자 뷰가 정말 끝내주는구나. 이처럼 이곳 고분 주인들은 자신이 생전 활동하던 지역을 내려다보는 장소에 사후 휴식처를 만들었음을 알 수 있다. 고령읍 전체가 시원하게 펼쳐 보이는 산 위에서 잠시 풍경을 넋 놓고 감상하다 하산 시작.

한편 지산동 고분군을 조사한 학자들은 능선별로 낮은 지점에서 높은 지점을 향해 동시다발적으로 군집을 이루며 축조된 고분 형태를 특별히 주목하였다. 비슷한 시점 여러 지점에서 고분이 군집을 이루며 축조된 만큼 한때 고령에는 여러 권력집단이 공존하며 무덤을 만들던 시기가 있었다고 해석될 수 있으니까. 이는 부모가 죽어도 그 자식과 그 자손을 통해 영원히 삶이 이어진다고 믿는 사상, 즉 계세사상(繼世思想)에 따라 대가야 왕실 및 주요 귀족가문이 집단을 이루며 산 능선을 따라 무덤을 만든 결과

전(傳) 고령금관 및 장신구 일괄(국보 138호) 중 금관. 리움미술관.

물이라 하겠다.

그러다 5세기 후반~6세기 초반에 들어와 44, 45, 47호분과 같은 남다른 크기의 고분이 높은 지대에 널찍하게 공간을 장악하며 조성되었으니, 이는 곧 세습화된 왕실 집단이 내부 권력을 완전히 장악하며 이루어낸 성과였다. 대가야의 전성기이자 왕권의 강대함을 보여준 시점이라 할 수 있겠지. 그런데 이 시기 들어와 대가야에서는 동시대 신라와 마찬가지로 금관을 제작하였으니, 지금부터는 산을 내려가며 대가야 금관 이야기를 해봐야겠군.

비록 신라 금관에 비해 적은 숫자이나 어쨌든 가야 금관은 현재 2점이 전해지고 있다. 이 중 국보 138

호에 지정된 '전(傳) 고령금관 및 장신구 일괄'은 리움미술관이 소장하고 있으며 금관 모양이 무척 세련되어 주목받는 작품이다. 신라의 출자형(出字形) 금관에 비해 꽃잎이나 풀잎 디자인을 모티브로 장식하고 있기에 소위 초화형(草花形) 금관이라 부르기도 하지.

그런데 해당 유물을 리움이 소장하게 된 인연이 참으로 기구하다. 1971년 4월 국립중앙박물관에서 개최된 "호암 수집 한국미술 특별전"에 출품되며 대중에 널리 알려지기 시작한 전(傳) 고령 가야금관은 학자들에 의해 높은 평가를 받으며 바로 그해 12월 국보로 지정되기에 이른다. 공개로부터 국보에 지정되기까지의 기간이 무척 짧았던 만큼 당시 얼마나 큰 관심과 주목을 받았는지 알 수 있군.

문제는 해당 가야 금관이 도굴꾼들에 의해 도굴된 유물이라는 점. 한 무리의 도굴꾼들이 1960년대 고령, 성주, 대구 등의 고분을 도굴하던 중 발견한 금관을 장물업자를 통해 삼성그룹 총수였던 이병철에게 110만 원에 팔았거든. 지금 돈으로 환산하면 약 5000~7000만 원 정도? 무엇보다 대한민국 출범 이후 최초로 발견된 금관이라 그 의미가 매우 남달랐다. 참고로 다음 금관은 1973년 국가주도로 발굴, 조사된 경주 천마총에서 등장하거든. 즉 이미 금관 여러

(왼쪽) 고령 지산동 45호분 출토 금귀걸이. 국립경주박물관. (오른쪽) 전 고령금관 및 장신구 일괄(국보 138호) 중 금귀걸이. 리움미술관.

점이 국립중앙박물관과 국립경주박물관 등에 전시 중인 현 시점이 아니라 가야 금관이 대중에게 처음 공개된 1971년 시점으로 바라본다면 일제강점기 시절 경주에서 출토된 3개의 금관 이후 참으로 오랜 만에 등장한 금관이 다름 아닌 리움 소장의 가야 금관이었던 것.

문제는 도굴된 물건으로 잘 알려진 만큼 삼성과 이병철에 대한 비난여론이 상당했다는 점이다. 하지만 이병철 회장이 선의로 취득했다는 판단 아래, 소유권을 인정받으면서 용인 호암미술관이 쭉 보관하고 있다가, 2004년 서울 한남동에 리움미술관이 건립되면서 이곳으로 옮겨져 전시되었다. 그러다 2020년 삼성 이건희 회장이 죽으면서 아버지 이병철 때부터 이어진 여러 소장품을 국내 여러 기관에 기증한다고 하여 개인적으로는 혹시나 가야 금관이 고령의 대가야박물관으로 전달될까 무척 궁금했는데, 그런 기적은 일어나지 않았다. 여전히 리움이 보관, 전시하고 있거든.

놀랍게도 도굴로부터 한참 시간이 지난 2020년. 학자들의 포기를 모르는 끈질긴 연구 끝에 금관이 본래 있었던 고분이 어디인지 밝혀지게 된다. 리움이 소장하고 있는 '전 고령금관 및 장신구 일괄' 중 금 귀걸이가 1997년 발굴조사에서 고령 지산동 45호분에서 출토된 금 귀걸이와 거의 동일한 디자인을 하고 있었던 것. 뿐만 아니라 여러 작은 금제 장신구마저 리움 소장품과 지산동 45호분 출토품이 거의 동일한 디자인을 지니고 있었지. 이에 따라 지산동 45호분의 중심, 그러니까 고분 주인이 묻힌 자리에 본래 금관이 있었음을 알 수 있었다. 이렇듯 도굴꾼들은 고분의 주인이 묻힌 무덤 중간 지점을 중점적으로 도굴하곤 했었는데 아무래도 확률상 더 많은 보물이 함께하고 있을 테니까.

참고로 45호분은 44호분보다 크기는 조금 작으나 1977년 발굴조사 결과 11명 이상의 순장자가 함께한 상당한 권력층의 무덤이었다. 헌데 금관의 주인이 묻힌 것으로 파악되면서 더욱 높은 격을 지닌 고

가야 금관, 오구라 컬렉션, 도쿄국립박물관 동양관.

분으로 인정받을 수밖에. 특히 학계에서는 발굴조사
를 기반으로 45호분을 여성 무덤, 즉 왕비의 무덤으
로 보고 있기에, 그렇다면 해당 금관 역시 왕비의 물
건일 가능성이 높다 하겠다.

아 참, 그렇지. 경사 높은 산을 조심조심 내려가다
보니 잊을 뻔했네. 리움이 보관하고 있는 가야 금관
말고 출토된 나머지 가야 금관 하나는 어디에 있을
까? 안타깝게도 현재 국내가 아닌 일본이 소장하고
있다. 더 정확히는 도쿄국립박물관.

일제강점기 시절 오구라 다케노스케(小倉武之
助, 1870~1964년)라는 일본인이 한반도에서 대구전

기주식회사(大邱電氣株式會社)를 설립하여 사업가로 활동하며 어마어마한 숫자의 한반도 유물을 수집한 적이 있었다. 물론 그 상당수는 도굴꾼으로부터 수집한 유물들이었지. 그렇게 그가 수집한 고미술 숫자는 무려 4000여 점에 다다랐는데, 독립 후 시점인 1982년 그중 1100여 점이 오구라 다케노스케의 아들에 의해 도쿄국립박물관에 기증된다. 이는 한반도가 독립하기 전 일본으로 미리 빼돌린 유물이었다. 이 중에 다름 아닌 가야 금관이 존재했으니.

흥미롭게도 해당 금관에 대해 도쿄국립박물관에서는 '전(傳) 창녕 금관'이라 하여 경상남도 창녕에서 출토된 유물로 표기해둔 상황이다. 도굴된 유물이라 정확한 유물 위치 등의 정보가 전해지지 않아 오구라가 특별히 많이 수집했다는 창녕 고분 출토품으로 포함시킨 바람에 그리 된 듯. 이 역시 도굴된 유물이 가진 또 다른 비극이 아닐까 싶군. 도굴꾼들이 어디서 출토된 것인지 제대로 알리지 않은 채 단순히 물건을 판매하는 데 급급하면서 해당 유물의 정체성은 그 사이 휘발되듯 사라지고 만 것이다.

그런데 국내 학계 주장에 따르면 오구라가 수집한 금관 역시 고령의 대가야 물건으로 판단하고 있다. 그 이유는 해당 금관 또한 꽃잎이나 풀잎 디자인을 모티브로 한 장식을 하고 있기에 소위 초화형(草

花形) 금관에 해당하거든. 아무래도 이런 디자인의 금관이 대가야 지역에서 최고 권력자를 위한 장식품으로 유행했던 모양. 제작 시기는 리움이 보관하고 있는 가야 금관보다 조금 이른 시기로 추정 중이다.

등산을 끝내고 내려왔다. 여전히 버스가 서 있는 걸보니 아이들의 박물관 탐험이 아직 끝나지 않은 듯싶군. 오케이. 이제 나도 대가야박물관을 방문할 차례.

4. 대가야박물관

대가야박물관 전경. ⓒPark Jongmoo

박물관에 들어서며

대가야박물관 입구로 다가서자 뒤편으로 지산동 고분군이 병풍처럼 펼쳐 보여 운치 있게 느껴진다. 참으로 좋은 위치에 박물관을 세웠구나. 이처럼 멋진 풍경과 함께하는 대가야박물관은 지산동 고분군을 발굴, 조사하는 과정에서 나온 여러 유물을 고령에서 보관, 전시하기 위해 2005년 개관하였다. 그런 만큼 고령의 역사, 이 중에서도 대가야 역사를 잘 보여주고 있지. 이런 방식으로 다른 가야 중심지에도 고분 옆에 박물관이 건립되어 있는데, 예를 들면 2003년 개관한 금관가야의 대성동고분박물관과 아라가야의 함안박물관 등이 있다.

덕분에 과거에는 가야 유물이 출토되면 국립중앙박물관, 국립경주박물관, 국립김해박물관, 국립진주박물관 등으로 옮겨 전시하던 문화에 점차 변화가 생긴다. 유물이 출토된 지역에다 우선적으로 배정하여 소장, 전시하는 문화가 정립되기 시작하였으니까. 게다가 대가야, 아라가야 등은 지금도 고분 발굴 조사가 이어지고 있기에 출토한 유물 숫자가 계속

大加耶始祖 伊珍阿豉王像

正見母主像

대가야 시조 이진아시왕과 시조의 어머니인 정견모주의 초상화. 대가
야박물관. ©Park Jongmoo

늘어나는 중이라 하더군. 그래서일까? 박물관 전시
내용이 방문할 때마다 조금씩 더 풍족해지고 있다.

　입구에서 키오스크를 통해 티켓을 끊고 들어서자
1층은 기획전시실, 2층은 상설전시실로 나뉜다. 그
럼 지산동 고분의 외부 모습은 아까 등산을 통해 확
인했으니, 내부 출토 유물을 확인하기 위해 빠른 걸
음으로 2층 상설전시실부터 들어가볼까?

　2층 전시실에 들어가니 대가야 시조 이진아시왕
과 시조의 어머니인 정견모주의 초상화와 함께 대가

야 건국신화에 대한 설명이 눈에 띈다. 어제 해인사 여행에서 언급한 내용으로 1530년에 편찬된 《신증동국여지승람》에 "가야산의 신 정견모주가 천신 이비가지에 감응하여 대가야의 왕 뇌질주일과 금관국의 왕 뇌질청예 두 사람을 낳았으니, 뇌질주일은 이진아시왕의 별칭이고 뇌질청예는 수로왕의 별칭이다."라는 기록이 그것.

그렇다. 앞서 설명했듯 통일신라 최치원의 기록을 조선시대에 그대로 옮겨온 내용이지. 무엇보다 대가야 왕의 이름이 금관가야 왕보다 먼저 언급되는 것으로 보아 학계에서는 고령의 대가야가 금관가야를 대신하여 가야 연맹의 주요국가로 올라선 어느 시점에 등장한 신화로 추정 중. 물론 대가야 왕실에서 적극적으로 널리 퍼뜨린 신화였을 것이다. 이 시점은 대략 5세기 이후라 하겠다.

다음 코너에는 대가야에서 제작된 토기가 쭉 전시되어 있는데, 당시 가야 국가들은 지역마다 토기의 문양과 형태를 달리하며 각기 개성을 지닌 그릇을 제작하였다. 따라서 토기 디자인만 확인하더라도 어느 가야에서 제작된 것인지 파악이 가능할 정도. 그만큼 같은 디자인의 토기가 출토된 지역을 연결해보면 과거 대가야의 영향권 또는 대가야와 긴밀한 교류를 한 지역을 추정해볼 수 있지. 이에 따라

대가야에서 제작된 토기들. 당시 가야 국가들은 지역마다 토기의 문양과 형태를 달리하며 각기 개성을 지닌 그릇을 제작하였다. ⓒPark Jongmoo

대가야 토기에 대해서도 박물관이 상세한 설명을 해 두었구나. 이처럼 사라진 역사의 일부를 복원할 수 있기에 토기 또한 역사의 문을 여는 또 다른 열쇠가 아닐까 싶다. 헌데 이들 토기들 역시 5세기부터 대가야 특유의 개성이 정립되며 대가야 영향력 아래에 있는 여러 지역으로 널리 퍼져나가기 시작했다.

철 덩어리 역시 중요 파트로 전시되어 있네. 학교에서도 배워서 그런지 가야 하면 철이 생각날 정도로 유명한데, 이를 대표하는 국가가 다름 아닌 김해의 금관가야였다. 당시 철은 남다른 부가가치 덕분에 화폐이자 무기, 농기구를 만들 수 있는 최상의 재료로서 부(富), 그 자체를 상징했거든. 하지만 400년 신라를 지원하고자 광개토대왕이 파견한 5만의 고구려 병력으로 인해 금관가야가 크게 깨진 직후 5세기 들어와 고령의 대가야가 철을 적극적으로 생산하면서 가야 연맹의 권력추가 이곳으로 빠르게 옮겨오게 된다.

오호~ 이렇게 쭉 전시 내용을 살펴보니 흥미롭게도 대가야 건국 신화, 대가야 토기, 대가야 덩이쇠 모두가 5세기 이후 시점을 가리키고 있구나. 마치 대가야의 본격적인 성장기가 5세기 시점부터 선보였음을 증명하는 듯하다.

대가야의 상징 덩이쇠. 지산동 75호분 무덤 주인공 발치쪽 바닥에서
출토. 당대 최고 교역 물품이자 화폐로 사용되었다. ⓒPark Jongmoo

지산동 73호분과 최초의 왕릉

　　박물관 전시실 안쪽으로 더 들어서면 지산동 73호분 내부를 재현한 공간을 만날 수 있다. 나름 21~23m의 지름을 지닌 큰 고분으로 2007년 발굴조사를 통해 5세기 초반에 만들어진 대가야 최초의 왕릉으로 평가받는 중. 아까 등산하며 만난 고분은 아니다. 등산은 왕릉전시관 뒤쪽 길, 즉 고령 대가야박물관 북쪽으로 올라갔었던 반면 73호분 위치는 고령 대가야박물관 주차장 오른편, 즉 동쪽에 위치하고 있거든. 능선 끝자락 높은 자리가 바로 그곳.

　　이와 유사하게 고령 박물관 주차장 주변, 즉 주산의 다른 능선 끝자락에도 22~25m 지름을 지닌 지산동 75호분, 15~18m 지름을 지닌 30호분 등 5세기 초반 무덤이 각기 높은 위치에 자리 잡고 있다. 이로써 미루어 볼 때 처음에는 능선 끝자락 높은 지대부터 고령 내 주요 세력들이 무덤을 만들기 시작하다 시간이 지날수록 능선을 타고 점차 더 높은 지대로 무덤을 만들었음을 알 수 있구나. 아까 저 산 위에서 만난 44, 45, 47호분은 다름 아닌 5세기 후반~6세기

(위) 대가야박물관 주차장 오른편 능선 끝자락에 위치한 73호분, (아래) 73호분 양편으로 75호분과 30호분도 자리 잡고 있다. ⓒPark Jongmoo

왕릉전시관

30호분

73호분

75호분

초반에 만들어졌으니까.

실제로 73호분은 지산동 고분 중 최초의 왕릉이라 불리는 만큼 그 규모와 출토 유물 숫자에 있어 당당한 모습을 자랑한다. 우선 무덤 주인이 안치될 장소를 나무로 짜서 직사각형 형태로 만든 뒤 무덤 주인의 발 아래에다 수많은 부장품을 넣는 장소를 역시나 나무로 짜서 직사각형 형태로 두었다. 그리고 그 사이에는 돌로 가득 채워두었군. 이를 통해 미루어 볼 때 73호분은 나무덧널무덤→돌덧널무덤으로 무덤 구조가 변할 시점에 과도기 형태로 등장한 무덤이라 하겠다.

참고로 나무덧널무덤이란 나무로 시신과 부장품을 넣을 무덤 틀을 짠 구조를 뜻하며, 돌덧널무덤은 나무 대신 돌로 무덤 틀을 짠 구조를 뜻한다. 그리고 그 위에다 흙으로 봉분을 덮었지. 가야 지역 무덤은 대체적으로 4~5세기를 거치면서 나무덧널에서 돌덧널무덤으로 변화했고, 그 중간 단계로서 나무틀과 돌이 함께 혼합된 73호분이 등장한 것.

이렇듯 새로운 무덤 양식이 비록 절충적이지만 적극 도입된 것으로 보아 무덤주인이 생전 남다른 위세와 정치권력을 지닌 인물이었음이 분명해 보인다. 뿐만 아니라 다른 능선 끝에 위치한 75호분과 30호분은 완전한 돌덧널무덤인 것으로 보아 무덤양식

지산동 고분 73호분 내부 전경. ©Park Jongmoo

자산동 고분 73호분의 주인이 안치된 장소. ©Park Jongmoo

자산동 고분 73호분을 살펴보면 고분 내부에 여러 개의 방을 만든 후 순장자와 부장품을 함께 묻었다. ©Park Jongmoo

변화상 73호분이 이들 세 고분 중 가장 이른 시기 조성된 고분, 즉 최초의 왕릉으로 판단할 수 있겠다. 조성 순서상 73호분→75호분→30 호분 순.

다만 실제 73호분은 돌로 만든 4개의 순장 무덤을 내부에 두었으나(104~105쪽 사진 참조), 이곳 재현 공간에는 순장 무덤 하나는 제외시켜 3개만 보이는군. 아무래도 제외된 하나의 순장 무덤의 경우 무덤 중앙에서 벗어난 외각에 위치하는 바람에 전시공간의 한계로 재현시키기 어려웠던 모양이다.

73호분의 순장자 숫자 역시 총 11명이지만 이곳 재현 공간에는 외각에 위치한 순장자가 제외되어 총 10명이 재현되어 있다. 비록 인형이지만 과거의 실제 모습을 지현해놓아서 그런지 신비하면서도 꽤나 충격적으로 다가오는걸. 단순히 글로 순장을 알고 있는 것과 실제 무덤을 재현한 형태로 순장된 모습을 보는 것은 아무래도 큰 차이가 있는 듯싶구나. 죽은 이를 위해 살아 있는 사람을 죽여 함께 묻는 문화는 머리로는 당시 시대를 상징하는 풍습이라 이해할지라도 가슴으로 이해하기란 쉽지 않네. 죽음을 택한 순장자를 생각하니, 정신이 어찔어찔하다.

한데 또 다른 능선 끝에 위치한 75호분은 10개의 순장 무덤에 순장자 13명, 30호분은 5개의 순장 무덤에 순장자 6명이 함께하고 있었다. 이는 곧 이들 무

지산동 고분 75호분(왼쪽)과 지산동 고분 73·74호분. ©Park Jongmoo

덤 주인 역시 최초의 왕릉인 73호분과 비견될 만한 동시대 상당한 권력자였음을 증명한다. 예를 들면 75호분 주인의 경우 무덤 위치가 73호분과 다른 능선에 위치하고 있는 만큼 혈통을 달리함에도 더 큰 무덤 규모로 볼 때 차기 왕위에 오른 인물로서 해석할 수도 있으니 말이지.

그 결과 학계에서는 대가야 5세기 전반을 여러 권력집단이 공존하며 지낸 시기로 판단하고 있다. 마치 신라에서 김씨가 왕위 계승권을 완전히 장악하기 전까지 석, 박, 김 씨가 왕족으로서 공존하던 시절과 유사하다고 보면 되려나? 기록의 미비로 신라와 달리 대가야 내부의 상세한 상황은 알 수 없지만 고분군이 구성된 과정을 통해 과거를 대략 그려볼 수 있는 것.

이렇듯 5세기 초반 들어와 이곳에는 규모 있는 고분과 함께 수많은 순장자가 함께하는 권력자의 무덤이 조성되었다. 그런데 지산동 최초 왕릉이라 불리는 73호분 역시 5세기 초반에 만들어진 만큼 앞서 이야기한 대가야 건국 신화, 대가야 토기, 대가야 덩이쇠와 함께 5세기를 가리키고 있군. 우연의 일치가 아니라면 5세기 시점 대가야 지역에서는 정치적으로 중요한 발전이 연이어 터진 것 같다.

그렇게 박물관을 구경하다가 현장학습으로 이곳을 방문한 초등학생들이 박물관 투어를 끝내고 쉼터에 앉아 교재에다 무언가를 그리거나 쓰는 장면을 보았다. 이 중에서 역사에 흥미를 가진 학생들이 가능한 많이 나오면 좋겠군. 박물관 직원에게 물어보니 대구 쪽 초등학생들이 방문한 거라 하네. 오호. 이곳에서 나름 가까우니 현장학습으로 왔구나.

지산동 44호분과 전성기 시작

　　2층 상설전시에 이어 박물관 1층의 기획전시까지
다 보고 나왔다. 이제 슬슬 대가야왕릉전시관으로
이동해야야겠군. 왕릉전시관은 대가야박물관 바로 옆
건물에 위치하며 아까 산에서 만난 거대 고분 중 하
나인 지산동 44호분 내부를 그대로 재현한 공간이
다. 고령 고분 여행의 하이라이트라 할 만큼 압도적
인 분위기를 지니고 있어 강력 추천. 참고로 대가야
박물관 티켓이 있다면 따로 티켓을 살 필요가 없다.

고령대가야박물관 왕릉전시관. ⓒHwang Yoon

대가야왕릉전시관 내부 전경. 중간자리에는 무덤주인이 묻히고 그 주위로 호위하듯 둥글게 순장묘 32기가 배치되어 있다. ⓒPark Jongmoo

하나의 티켓으로 함께 이용이 가능하거든.

입구를 통해 어두운 내부로 들어서자 마치 반으로 갈라진 거대 무덤 안으로 들어선 기분이 드는걸. 그런데 이곳 안에도 역시나 초등학생들로 가득하네. 아무래도 여러 팀으로 나누어 각각 움직이는 모양. 일부는 박물관, 일부는 왕릉전시관.

44호분의 무덤 양식은 돌덧널무덤으로 말 그대로 돌로 무덤구조를 만든 뒤 그 안에다 시신과 부장품을 넣는 형태다. 시기는 5세기 후반으로 추정. 안타깝게도 도굴을 당해 무덤 주인의 유품은 많이 사라진 상황이다. 무덤 크기로 보아하니 금관이 있었을 가능성이 무척 높건만 아쉬운걸. 개인적으로는 도쿄 국립박물관이 소장하고 있는 오구라 컬렉션의 가야 금관이 44호분 출토품이 아닐까 추정 중.

전시실을 살펴보니, 중앙에는 주인이 묻히고 그 주위로 호위하듯 둥글게 순장 묘 32기가 배치된 형태며 무덤주인과 순장자 또한 실제 사람처럼 보이는 인형으로 재현해놓았다. 순장 묘 중에는 발굴 당시 순장자 뼈 모습을 그대로 재현한 부분도 보이니 매우 흥미롭구나. 뿐만 아니라 순장 묘는 그나마 도굴 피해가 적어 여러 중요한 유물이 발견되기도 했다는 군. 아무리 날고 기던 도굴꾼들이라 할지라도 무덤 내부 구조를 완전히 알 수 없었기에 순장 묘의 부장

무덤주인과 무덤주인 위아래로 배치된 순장자들.
©Hwang Yoon

1호 돌덧널. ©Park Jongmoo

2호 돌덧널. ©Park Jongmoo

3호 돌덧널. ©Park Jongmoo

4호 돌덧널. ©Park Jongmoo

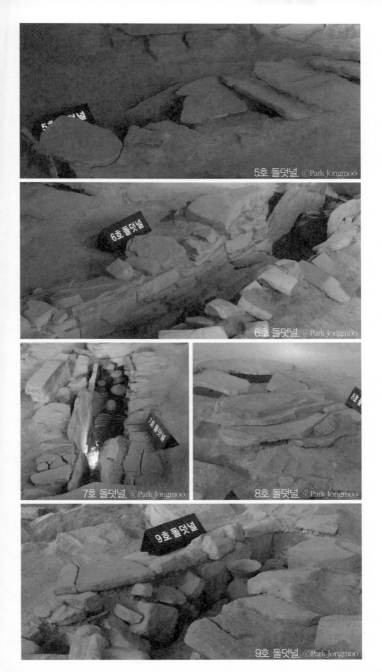

5호 돌덧널 ©Park Jongmoo

6호 돌덧널 ©Park Jongmoo

7호 돌덧널 ©Park Jongmoo

8호 돌덧널 ©Park Jongmoo

9호 돌덧널 ©Park Jongmoo

10호 돌덧널. ©Park Jongmoo

11호 돌덧널. ©Park Jongmoo

12호 돌덧널. ©Park Jongmoo

13호 돌덧널. ©Park Jongmoo

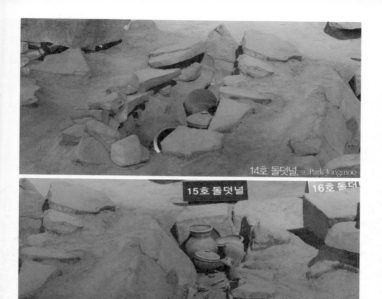

14호 돌덧널. ©Park Jongmoo

15호 돌덧널　16호 돌덧널

15호 돌덧널. ©Park Jongmoo

16호 돌덧널. 16호 돌덧널 ©Park Jongmoo

17호 돌덧널

17호 돌덧널. ©Park Jongmoo

18호 돌덧널 ©Park Jongmoo

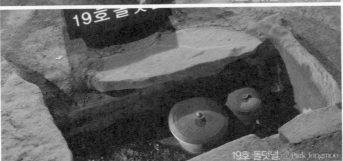
19호 돌덧널 ©Park Jongmoo

20호 돌덧널 ©Park Jongmoo

21호 돌덧널 ©Park Jongmoo

22호 돌덧널 ©Park Jongmoo

23호 돌덧널 ©Park Jongmoo

24호 돌덧널 ©Park Jongmoo

25호 돌덧널 ©Park Jongmoo

26호 돌덧널. ©Park Jongmoo

27호 돌덧널. ©Park Jongmoo

28호 돌덧널. ©Park Jongmoo

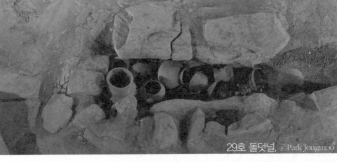

29호 돌덧널. ©Park Jongmoo

30호 돌덧널. ©Park Jongmoo

31호 돌덧널. ©Park Jongmoo

31호 돌덧널. ©Park Jongmoo

32호 돌덧널. ©Park Jongmoo

품까지 몽땅 훔치지는 못 했나 봄.

　이처럼 대가야 고분에는 순장자 뼈가 함께 발굴되
는 경우가 많아 여러 정밀 조사를 통해, 뼈, 나이, 성
별 등을 추정할 수 있었다. 그 결과 순장자 대부분이
남녀 포함 노동생산력이 절정인 20~40대의 나이로
서 사후세계에서도 이들을 옆에 두고 사용하기 위해
함께 데려갔음을 알 수 있었지. 게다가 8~10세 전후
의 아이들의 유골도 발견된 것으로 보아 순장이 때로
는 가족 단위로도 이루어진 듯하다. 이는 곧 대를 이
어 지하세계에서 주인을 모시라는 의미가 아니었을
까? 결국 이들은 무덤이 조성되는 과정 중 순장자로
선택되어 특정한 제사의식과 함께 인위적으로 죽음
을 맞이한 직후 그 시신이 순장 묘에 묻히게 된다.

　마침 왕릉전시관에는 둥근 형태의 내부 벽을 따
라 고분과 관련된 여러 설명 및 복제 유물을 배치하
여 이동과 함께 자연스럽게 여러 정보를 볼 수 있도
록 해놓았다. 이 중 무덤 내 사람들의 생전 모습을 묘
사한 장면을 보니 왠지 모르게 아련한 기분이 드는
걸. 왕과 왕비를 중심으로 호위무사, 시중드는 여인
등이 사람 크기의 인형으로 선보이고 있는데, "권력
자 주변의 이들 대부분이 순장으로 함께 묻혔겠구
나."라는 생각이 불현듯 들어서 말이지.

　44호분 무덤의 주인은 발굴조사 결과 남성으로

대가야왕릉전시관 무덤 내 사람들의 생전 모습 재현. ©Hwang Yoon

추정하고 있기에, 이는 곧 왕이 잠든 장소라 하겠다. 가만, 그러고 보니, 44호분 가까이 있는 45호분의 경우 여성이 주인이자 본래 가야 금관이 있었던 곳으로 추정되는 왕비 무덤이므로, 혹시 44, 45호분은 왕과 왕비로 함께한 부부였을지도 모르겠네? 오호라. 게다가 발굴조사를 토대로 44호분 이후에 45호분이 조성된 것으로 파악된 만큼 왕이 죽고 어느 정도 시간이 지나 왕비가 죽었나보다. 이렇듯 44, 45호 분은 대가야 최고의 신분인 왕과 왕비의 무덤으로 44호분은 35명 이상, 45호분은 11명 이상이 순장되어 왕이

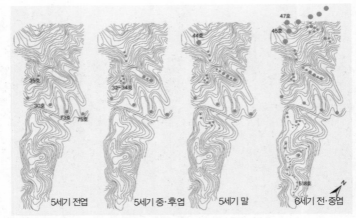

지산동 고분군 조영 과정. 국립가야문화재연구소, 가야 발굴 조사 자료편1(2018년).

왕비보다 훨씬 더 많은 순장자와 함께하고 있었다.

주목할 점은 5세기 후반 더욱 커진 무덤 크기와 더불어 이전과 차원이 다른 어마어마한 순장자 숫자를 보여준 44호분이 조성된 뒤로 6세기 초반 45, 47호분과 같은 거대 고분이 계속 이어지며 조성되었다는 사실. 오늘 등산은 비록 47호분까지만 보고 마무리했지만 능선을 따라 더 위쪽으로 줄지어 44호분과 유사한 크기의 고분이 4개 정도 더 존재하거든. 이들은 각각 48, 49, 50, 51호분으로 그 크기와 위치를 볼 때 562년 대가야 멸망 시점까지의 대가야 왕 그리고 왕비 무덤일 가능성이 높다.

무엇보다 44호분부터 큰 규모의 고분들이 능선을 따라 널찍한 공간을 장악하듯 띄엄띄엄 배치되어 있는 만큼 학계에서는 이를 세습화된 왕실집단이 내부 권력을 완전히 장악하며 이루어낸 성과로 해석한다. 즉 5세기 초반 여러 세력이 공존하며 서로 비슷한 규모의 무덤을 각각 다른 능선에 만들던 시기를 지나, 5세기 후반부터는 왕권을 상징하듯 거대 고분이 아예 높은 지대 능선을 장악하듯 조성되면서 이전과 다른 분위기를 연출한 것이다. 마치 신라에서 5세기를 거치며 김씨 집단이 왕위를 완전히 장악하며 대릉원에 거대 고분을 조성한 것과 유사하다고나 할까?

여기까지 살펴보니, 44호분 주인공 시대를 기점으로 대가야 왕실의 권위가 대단히 높아졌음을 알 수 있구나. 즉 44호분 주인공은 살아생전 대가야 왕권을 상당한 수준으로 강화시키는 데 매우 큰 역할을 한 기념비적 인물이 분명해 보인다. 그런 만큼 대가야 역사기록이 어느 정도 충실히 남았다면 고분의 주인공이 누구인지 어느 정도 추정이 가능했을 텐데 아쉽군. 기록의 미비로 대가야는 구체적인 왕의 계보마저 제대로 알려지지 않고 있으니 오죽하랴.

그렇다면 5세기 시점 왕과 왕비보다 신분이 낮았던 대가야 귀족의 무덤은 과연 어떠했을지 궁금해지는걸.

지산동 32호분과 귀족 무덤

5세기 중반에 조성된 지산동 32호분은 지름 13m 에 순장자 2명이 함께한 중형 크기의 남성 무덤이다. 특히 1978년 발굴조사 중 금동관이 출토되어 큰 주목을 받기도 했으니, 그만큼 32호분이 상당히 높은 신분의 무덤임을 의미하지. 그래서일까? 학계에서는 해당 무덤의 주인공에 대해 1. 금동관으로 미루어 볼 때 왕이라는 주장. 2. 무덤 크기와 순장자 숫자로 볼 때 귀족 무덤이라는 주장. 이렇게 두 가지 견해로 나 뉜다. 개인적으로는 귀족 무덤으로 보는 중. 왕의 무덤이라 보기에는 무덤 크기가 작은 편인 데다 순장자 숫자마저 너무 적어서 말이지.

이 중 금동관의 형태를 살펴보면, 띠 모양 관테에 장식이 올라와 있는데, 윗부분이 연꽃 봉오리로 장식된 광배(光背) 모양의 금동관이며, 좌우에 꺾인 가지모양의 작은 장식을 못으로 고정하였다. 게다가 양옆의 작은 장식 역시 끝부분이 작은 연꽃 봉오리 모양을 하고 있네. 이렇듯 전체적인 디자인에 있어 꽃잎이나 풀잎 디자인을 모티브로 한 장식인 만큼 소

지산동 32호분 출토 금동관 복제품, 국립중앙박물관.

위 초화형(草花形) 금동관이라 할 수 있겠군. 즉 가야 금관과 디자인 측면에서 같은 계보임을 의미한다.

한편 지산동 32호분은 주변에 33, 34, 35호분과 함께 위치하고 있으며, 이 중 32, 34는 남성, 33, 35는 여성의 무덤이다. 아무래도 32, 33 그리고 34, 35 이렇게 2쌍의 귀족 부부가 묻힌 듯하며, 서로 가까운 무덤 위치로 보아 이들 부부는 혈연적으로 매우 가까운 사이였나보다.

흥미로운 점은 남성 무덤인 32, 34호분에서는 각각 순장자 2명, 여성 무덤인 33, 35호분에서는 각각 순장자 1명이 함께하고 있다는 점. 즉 왕과 왕비뿐만 아니라 귀족 또한 남성과 여성 간 순장자 숫자에서 차이가 존재했었군. 이는 비슷한 시점 신라의 경우 남녀 무덤에 거의 동일한 순장자가 묻힌 것과 비교되는 만큼 아무래도 대가야에서는 남성의 지위가 여성보다 높았다는 반증이 아닐지. 참고로 경주 황남대총의 경우 왕의 무덤에는 9명, 왕비의 무덤에는 10명의 순장이 발견되었거든.

> 이전에는 국왕(國王)이 죽으면 남녀 다섯 명씩 순장하였는데
>
> 《삼국사기》 신라본기 지증왕 3년(502) 2월

이와 같은 황남대총의 고고학 조사결과는 《삼국사기》에서 신라 왕의 경우 남녀 다섯 명씩 총 10명의 순장자를 묻었다는 기록과 거의 일치한다. 게다가 신라 역시 귀족의 무덤에는 순장자 숫자가 크게 줄어들었기에 대가야나 신라 모두 무덤 주인의 신분에 따라 순장자 숫자에 제한을 두었음을 알 수 있거든. 결국 순장자 숫자 역시 당시에는 신분을 상징하는 결과물이었던 것.

뿐만 아니라 지산동 32호분에서는 철갑옷과 같은 무기가 함께 출토되었는데, 이런 경향은 지산동 고

지산동 32호분 출토 철갑옷, 국립중앙박물관.

분에서 전반적으로 만날 수 있다. 무덤마다 유독 무기와 연결되는 부장품이 많이 등장했으니까. 이는 곧 당시 대가야 지배층이 강력한 무력을 기반으로 성장했음을 보여주는 증거이자 실제로도 대가야의 무력은 5세기 들어와 국력을 크게 성장시키는 중요한 토대가 된다.

이처럼 대가야 고분은 왕의 무덤뿐만 아니라 귀족 무덤까지 숫자의 차이가 있을 뿐 순장자가 묻혔음을 알 수 있군. 자. 이제 왕릉전시관까지 다 보았으니 지금까지 본 내용을 정리하여 5세기 대가야 역사를 한 번 그려 볼까나. 우선 전시관 밖으로 나가자.

5세기 대가야 역사

대가야왕릉전시관 근처 나무벤치로 이동한다. 이제 현장학습 온 초등학생들이 슬슬 이곳을 떠나는구나. 하나, 둘 선생님 인솔에 따라 버스를 타고 있네. 하하. 현장학습이 강화되면서 요즘 아이들은 어릴 때부터 여러 경험을 하는구나. 참으로 행복해 보이는걸.

고분 구경을 빙자한 등산에다 박물관까지 쭉 돌았더니, 다리가 피곤하여 의자에 앉아 휴식. 가방에서 빠다 코코넛과 음료수를 꺼내 먹는다. 이렇게 잠시 쉬는 김에 5세기 대가야 역사를 쭉 정리해봐야겠군.

한때 가야 연맹을 이끌던 김해의 금관가야는 백제, 일본 등과 연합하여 라이벌로 여기던 신라를 꾸준히 괴롭혔다. 그러다 400년 신라의 요청으로 지원 온 고구려 5만 대군에게 크게 무너지며 금관가야는 과거의 힘을 잃고 점차 비실비실해지고 말았지. 그렇게 금관가야가 약화되는 틈을 타 고령에서 강력한 세력이 등장하였으니, 이는 5세기 초반 지산동 주산

의 능선 아래쪽에 73, 75, 30호와 같은 규모 있는 고
분들이 등장하는 것으로 알 수 있다. 물론 당시 고분
의 조성 과정을 볼 때 강력한 왕권이 장악한 시대라
기보다 대가야 내 여러 세력이 공존하며 성장하던
시대라 하겠다.

그럼에도 불구하고 가야 연맹을 이끈 금관가야의
권위는 여전히 남아 있었기에 고령에서 새로 일어난
대가야는 힘을 갖추면서 새로운 신화를 만들어 널리
퍼트렸으니.

가야산신 정견모주는 곧 천신인 이비가지에게
감응되어 대가야의 왕 뇌질주일과 금관국의 왕 뇌
질청예 두 사람을 낳았다.

최치원의 《석이정전(釋利貞傳)》

해당 신화에 따르면 금관가야와 대가야가 본디
가야산에서 시작하는 동일한 뿌리인 만큼 다른 가야
연맹들도 이제 금관가야를 대신하여 대가야가 주도
하는 시대를 자연스럽게 인정하며 따르라는 의미를
지니고 있었거든. 이를 통해 가야 연맹을 주도하는
힘을 금관가야에서 대가야로 옮겨오고자 한 것이다.
물론 대가야라는 국호 역시 본래부터의 국호가 아니
었다. 원래 소국 시절 반파국(伴跛國)이라는 이름이

었으나, 나라가 일정 규모 이상 커지면서 큰 가야를 뜻하는 대가야로 변경했으니까. 당연하게도 대가야라는 국호 역시 가야 연맹을 주도하는 큰 국가라는 의미를 지니고 있었다.

이런 자신감을 바탕으로 대가야는 점차 주변 지역에 영향을 미치는 국가로 빠르게 성장하였다. 대가야 토기가 5세기 초반 이후 고령을 시작으로 5세기 중반 들어 주변 지역인 합천, 함양 등으로 퍼져나가더니, 5세기 중후반에는 순천, 남원, 진주 등으로 더 뻗어나가니까. 이런 유물 출토 지역을 바탕으로 대가야 전성기 영역을 그려보면 지금의 경상도 서쪽과 전라도 동쪽을 장악한 꽤 넓은 범위가 나온다. 이것이 바로 대가야가 전성기 시절 직간접적으로 영향력을 미친 지역이라 하겠다.

그러던 어느 날 힘을 키워가던 대가야에게 국제적으로 중요한 두 가지 사건이 발생하였으니. 그 첫 번째는 중국과의 독자적 외교였다.

가라국은 삼한의 종족이다. 건원 원년(479)에 국왕 하지의 사신이 와서 조공을 올렸다. 조서를 내려 "널리 헤아려 비로소 남제 조정에 올랐으니, 먼 오랑캐가 감화되었다. 가라왕 하지가 바다 밖에서 관문을 두드리며 동쪽 먼 곳에서 폐백을 바쳤으니 가

대가야 영역 지도, 대가야박물관.

백제

신라

고녕가야
상주

성산가야
성주

고령

비화가야
창녕

무주

진한

거창

임실
장수

대가야합천

함양

남원
순창

산청

곡성

의령
아라가야
함안

금관가야
김해

구례

하동

소가야
고성

순천 광양

여수

히 보국장군(輔國將軍) 본국왕(本國王)에 제수할 만
하다."라고 하였다.

《남제서》 권58 열전 제39 만동남이전

479년 중국 남제에 가야 사신이 파견된다. 이때
사신을 보낸 가야왕은 하지라는 이름을 지니고 있었
기에 소위 하지왕(荷知王)이라 부르지. 한편 하지왕
의 출신에 대해 학계에서는 금관가야, 아라가야, 대
가야 등 여러 의견이 있지만, 이 중 대가야 왕이 대세
적인 의견이다. 고고학 조사에 따르면 여러 가야 세
력 중 5세기 후반에 중국으로 사신을 보내며 남다른
권위를 자랑할 만한 국가로서 대가야가 가장 유력하
기 때문. 예를 들어 고분 크기나 출토 유물 규모와 수
준 등을 다른 가야 국가와 비교할 때 대가야가 압도
적이니까.

당시 하지왕이 받은 보국장군(輔國將軍)은 남제
의 3품 관직으로 처음 중국에 사신을 보내며 받은 벼
슬이었던 만큼 앞으로 사신을 계속 보내다보면 더
높은 관직을 얻을 가능성도 충분했다. 게다가 동시
대 신라는 중국에 독자적으로 사신을 보내지 못했기
에 신라 왕의 경우 아예 중국 관직을 얻지 못한 상황
이었거든. 그만큼 대가야는 최소한 신라보다 국제적
으로 높은 평가를 받고 있다는 자부심을 가질 수 있

었다. 물론 동시대 고구려, 백제 등은 중국으로부터 가야보다 더 높은 관직을 받아온 지 오래였으나, 두 국가는 이미 한반도를 대표하는 강대국으로서 중국과의 교류도 오래 전부터 이어왔으니까 논외~

두 번째 사건은 백제, 신라와의 군사적 협력이었다.

> 3월에 고구려가 말갈과 함께 북쪽 변경에 쳐들어와 호명성(狐鳴城, 영덕) 등 7성을 빼앗고, 또한 미질부(彌秩夫, 포항)로 진군하였다. 우리 군사는 백제·가야의 구원병과 함께 길을 나누어 막으니 적이 패하여 물러갔다.
>
> 《삼국사기》 신라본기 소지왕 3년(481) 3월

5세기 들어와 고구려가 강대한 힘을 자랑하며 한반도 남부에 엄청난 압박을 가하니, 고구려와 대립하던 백제뿐만 아니라 한때 고구려의 동맹국이었던 신라까지 위협을 느끼며 433년부터 백제, 신라 간 외교협력이 시작되었다. 이를 소위 나제동맹이라 부른다. 그러나 고구려 장수왕의 공격으로 475년 백제 개로왕이 목숨을 잃으며 백제는 수도였던 한강 유역까지 잃는 엄청난 비극이 벌어졌다. 연이어 481년에는 고구려 군대가 경주 근처인 포항까지 밀고 들어왔지. 만일 신라의 경주까지 속절없이 무너진다면 백제에 이어 신라까지 고구려에 의해 완전히 초토화될 예정이었다.

일촉즉발의 위기에서 백제와 가야 병력이 지원을 보내 신라군과 함께 고구려 군대를 포항에서 깨버렸으니, 이로써 남쪽을 향한 고구려의 강력한 압박은 한풀 꺾이게 된다. 그렇다면 신라로 구원 병력을 보낸 가야는 어디였을까? 학계에서는 이 역시 대가야로 보는 중. 이처럼 학창시절 교과서에서 나제동맹으로 간략히 배우고 넘어가나 실제로는 당시 고구려 압박을 극복하기 위해 백제, 신라뿐만 아니라 대가야까지 적극적인 외교협력이 이루어지고 있었다. 가야에 대한 역사 기록이 미비해서 그렇지 사실상 고구려를 상대로 한반도 남부 국가들 모두가 힘을 합친 동맹이었던 것.

그렇게 국제적으로 중요한 두 가지 사건을 통해 대가야 왕은 이전과 차원이 다른 강력한 권위를 얻게 되었다. 따라서 5세기 후반 들어와 지산동에는 44호분을 시작으로 왕을 위한 거대한 규모의 고분이 조성되기에 이른다. 이는 중국과의 독자적 외교를 통한 대가야의 국제적 지위 상승과 더불어 주변국에 원군을 보낼 정도로 정비된 정치 시스템이 만든 결과물이었다. 당연히 그 권력의 정점에는 최고 권력자 대가야 왕이 있었다. 그런 만큼 44호분의 주인공은 아무래도 하지왕 또는 하지왕 바로 뒤이어 전성기를 막 열기 시작한 대가야 왕이 아니었을까?

5세기 대가야 역사를 대략 정리하였으니 슬슬 휴식을 끝내고 대가야 영향 아래 있는 주변 가야 연맹국 모습을 살펴보러 가봐야겠다. 수도였던 고령 이외의 지역에서는 대가야의 영향이 과연 어떠했는지 한 번 알고 싶어졌거든. 이를 위해 다음 여행코스는 바로 합천박물관이다.

5. 합천박물관과 옥전 고분

택시를 타고

네이버 지도를 꺼내 교통을 알아본다. 음, 아무리 지도를 보아도 대가야박물관이 있는 고령에서 합천 박물관까지 버스로 이동하기란 쉽지 않겠어. 합천박 물관이 합천 읍내에 있는 것이 아닌 외각 저 멀리에 위치하기 때문에 설사 고령읍에서 합천읍까지 가는 시외버스를 타더라도 합천읍에서 합천박물관까지는 거리가 꽤 되거든. 게다가 이곳은 인구가 적어 버스 가 자주 다니지 않아 별 수 없다. 택시를 타야겠군.

이렇듯 가기 쉽지 않은 장소인지라 예전부터 합 천박물관은 늘 갈까 말까 고민하곤 했는데, 오늘은 제대로 마음먹은 만큼 카카오 택시를 부른다. 여기 대가야박물관에서부터 약 25~30분 정도 달리면 도 착 예정.

택시를 부르자 3분도 되지 않아 오는구나. 탑승 후 전형적인 시골길을 달리는 택시. 기사님과 고령 과 합천에 대한 이야기, 그중 농공단지, 주변 교통, 인구 등에 대한 이야기를 나누다보니 어느덧 합천박 물관에 도착했다. 참고로 합천군은 한때 인구 18만

명인 적도 있었으나, 지금은 4만 명 수준의 작은 읍
으로 유지되고 있으며 이런 면에서 고령과 얼핏 유
사한 상황이다. 한편 합천은 경상남도에 위치하지만
교통의 편리성 등으로 볼 때 사실상 대구 영향권에
속해 있어 합천읍에서 대구로 가는 버스가 자주 있
다고 함. 게다가 진주도 가까운 편이라 자주 버스가
있다고 한다. 이 모든 건 기사님에게 들은 정보.

"여기서 가실 때는 어떻게 하실 건가요?"

박물관 주차장에서 기사님이 물어보신다. 합천읍
에서도 꽤 거리가 있는 장소라 약간 걱정이 되는 모
양.

"택시를 타야 하지 않을까요?"

"아. 네 여기는 택시가 잘 안 잡혀서요. 그럼 여행
잘하세요."

그렇게 기사님과 짧고 즐거운 만남을 마무리하고
합천박물관으로 들어섰다. 그렇게 내 인생 첫 방문
인 박물관을 여행하기 시작했다.

합천박물관

　고령의 대가야박물관이 지산동 고분군과 연결된 것처럼 이곳 합천박물관 역시 근처에 고분이 함께하고 있다. 합천 옥전 고분군이 바로 그것. 즉 합천에 위치한 옥전 고분군 출토품을 바탕으로 2004년 만들어진 박물관이 다름 아닌 합천박물관이다.

　옥전 고분군은 진주에 위치한 경상국립대학교가 1985년부터 1992년까지 5차에 걸친 조사를 하였는데, 이때 금, 은으로 화려하게 장식된 용과 봉황 장식의 고리자루 큰 칼, 금 귀걸이, 유리컵 일종인 로만글라스, 철로 제작된 다양한 무기 등이 출토되어 큰 주목을 받았다. 이 중 금, 은으로 화려하게 장식된 고리자루 큰 칼과 금 귀걸이 등 4건 총 10점이 2019년 들어와 보물로 지정되어 옥전 고분군의 가치가 더욱 높아지는 계기가 되었다. 안타깝게도 보물로 지정된 유물 및 로만글라스는 현재 합천박물관에 진품이 아닌 복제품으로 전시되고 있다.

　그 이유는 보물로 지정된 M3호분 출토 고리자루 큰 칼 4자루, 옥전 고분군에서 출토된 금 귀걸이 2개

합천박물관 전경. 고리자루 큰 칼의 손잡이 장식 부분을 거대한 조형
물로 보여주고 있다. ⒸPark Jongmoo

씩 3쌍으로 총 6개의 금 귀걸이, 이렇게 4건 총 10개
의 경우 합천박물관이 만들어지기 이전에 이미 국립
중앙박물관, 국립김해박물관, 국립진주박물관, 경상
국립대학교 박물관 등이 나누어 보관하고 있었기 때
문이다. 가야 고분에서 매우 드물게 등장하는 로만
글라스 역시 마찬가지로 이곳이 아닌 국립중앙박물
관 가야전시실에 진품이 전시 중이지.

상황이 이러한 만큼 미래 어느 시점에 해당기관에
서 받아오지 않는 한 복제품 전시가 계속 이어질 듯
하다. 이런 상황은 사실 고령 대가야박물관도 마찬가

합천 옥전 M3호분 출토 고리자루 큰 칼 일괄, 보물 2042호, 각각 국립중앙박물관, 국립김해박물관, 경상국립대학교 박물관 등에 나누어 보관 중이다.

지라 하겠다. 고령 역시 금으로 만들어진 국보·보물급 최고 수준의 유물의 경우 대가야박물관이 만들어지기 전에 이미 도굴되었거나 타 기관이 발굴하면서 소장하게 된 경우가 많은 탓이다. 물론 보물에 지정되지 않은 여러 금 세공품들은 이곳에서 전시 중이니 실망은 금물.

아 참, 맞다. 이곳에 오자 갑자기 기억이 나네. 경상국립대학교 박물관의 경우 자신들이 조사한 내용을 바탕으로 옥전 고분군 출토품을 설명하는 전시실

(위왼쪽) 합천 옥전 28호분 출토 금 귀걸이, 보물 2043호, 국립진주박물관. (위오른쪽) 옥전 M4호분 출토 금 귀걸이, 보물 2044호, 국립중앙박물관. (아래) 합천 옥전 M6호분 출토 금 귀걸이, 보물 2045호, 경상국립대학교 박물관.

을 별도로 구성하여 꾸며두었는데, 그 전시 내용과 유물 수준이 상당히 높으니 강력 추천. 대학 박물관답게 깊이 있는 내용까지 잘 설명되어 있고 말이지. 생각이 여기까지 미치자 경상국립대학교 박물관도 오랜만에 다시 가보고 싶어지는걸.

합천 옥전 M3호분

합천박물관을 방문하여 1층을 쭉 관람하고 나서 바로 2층으로 올라갔다. 오늘이 평일인 데다 위치가 위치인 만큼 사람이 많이 없을 줄 알았는데, 은근 방문객들이 여기저기 보인다. 하긴 넓은 주차장에도 차가 꽤 주차되어 있더라.

박물관 2층은 옥전 고분군 중에서도 M3호분을 특별히 소개하고 있다. 사실 합천의 옥전 고분군 역시 오랜 전 이미 도굴을 당한 상태였기에 상당수의 대형 고분은 유물 상당수가 사라진 상황이다. 그런데 운 좋게도 M3고분은 도굴을 시도한 흔적은 있었으나 내부 유물은 그대로 보존된 상태였거든. 조사 결과에 따르면 도굴을 시도하던 도굴꾼들이 도중에 도굴을 포기했다고 한다. 무덤 측면을 파다가 내부 구조물 중 돌무더기를 만나자 벌써 도굴 당한 무덤으로 착각했던 것.

덕분에 공주시 송산리 고분군 중 무령왕릉이 도굴을 당하지 않은 채 발견되어 백제 왕릉의 전모를 알려준 것처럼 도굴에 실패한 M3호분으로 인해 옥전 고분군의 권력자 무덤이 과거 어떤 모습이었는지 자세히 알 수 있었다. 사실 M3호분은 지름이 21m에 이르는 등 옥전 고분군 중 나름 큰 규모의 고분으로 당시 이 지역을 통치하던 최고 권력자 무덤이었다. 조사 결과 조성 시기는 5세기 후반이라 하니 나름 고령의 지산동 44호분과 유사한 시점. 이로 미루어 볼 때 도굴을 피한 참으로 운이 좋았던 고분이라 할 수 있겠다.

한편 일반 대중들에게는 합천의 옥전 고분군이 그리 잘 알려지지 않았지만 M3호분으로 인해 한국, 일본 고고학 학계에서는 엄청난 이슈가 되었다. 그 이유로는 M3호분에서 금과 은으로 용이나 봉황 무늬를 세밀하게 장식한 고리자루 큰 칼이 총 4점씩이나 출토되어 그 의미가 남다르게 다가왔기 때문이다. 맞다. 앞서 이야기한 2019년 보물로 지정된 바로 그 작품들이지.

현재 대가야에서 제작된 것으로 추정되는 용, 봉황 무늬 장식 고리자루 큰 칼의 경우 학자마다 제작 국가에 대한 추정이 조금씩 다르기는 하지만 어쨌든 국내 출토품으로 13점, 일본 내 출토품으로 5점, 그 외에 가야 고분 도굴 등으로 국내외 기관으로 유출된 유물이 29점 등이 있다고 전한다. 그런 만큼 비단 한반도뿐만 아니라 일본에서도 발견되는 매우 중요한 유물이다. 그런데 이 중 약 10%에 해당하는 4점이 옥전 고분군 M3호분 한 곳에서 등장하였으니 그만큼 한일 고고학계 모두에게 주목받을 수밖에.

고리자루 큰 칼은 둥근 고리가 손잡이 끝 부분에 장식된 칼로 유목민족에 의해 시베리아를 거쳐 한반도 및 중국으로 넘어온 디자인이다. 특히 철기시대로 들어오자 한반도에서 고리자루 큰 칼은 엄청난 유행을 하였으니, 오죽하면 고구려, 백제, 신라, 가야 모두가 고리자루 큰 칼을 사용했을 정도였으니까. 그런데 단순한 둥근 고리로 시작하여 시간이 지나자 최상위 권력자를 위해 둥근 고리 안으로 다양한 장식을 넣는 물건이 등장하였다. 이에 5세기 후반에 이르면 둥근 고리 안으로 용, 봉황, 쌍용(雙龍) 등이 등장하는 화려한 칼이 만들어졌다.

이 과정에서 대가야는 처음에는 화려한 장식의 고리자루 칼 디자인을 문화 선진국인 백제로부터 받아들이더니 점차 자신들의 권력을 상징하는 최상위 물건으로 발전시켰다. 마침 5세기 후반 들어와 대가야에서는 왕권이 크게 강화되면서 금 세공품을 적극적으로 생산하여 자신을 따르는 세력에게 위계에 따라 차등으로 물건을 내려주었는데, 이 중 금, 은으로 장식된 '고리자루 큰 칼'을 열정적으로 분배하였거든.

그럼 이 정도로 설명을 끝내고 합천박물관에 전시 중인 고리자루 큰 칼을 보도록 할까? 비록 복제품이나 4개의 칼이 지닌 용과 봉황 무늬가 참으로 아름답다. 이렇게 감상하다보니 당시에는 귀하고 귀한 물건을 무려 4개씩이나 부장품으로 가지고 있던 합천 옥전 M3호분의 주인공이 누구였는지 궁금해지는걸.

고분 조사결과 합천은 오랜 기간 독자적인 토기 문화를 가지고 있었음에도 옥전 M3호분에서는 전부 대가야 양식의 토기가 부장품으로 들어가 있었다. 뿐만 아니라 대가야에서 제작된 것으로 추정되는 화려하게 장식된 고리자루 큰 칼이 무려 4개가 출토되었고 이외에도 금으로 칠한 청동 투구를 비롯하여 갑옷, 말 투구 등도 함께 부장품으로 나왔다.

마침 이곳 박물관에는 M3호분 내부를 그대로 재현한 공간이 있는데 무기류로 가득한 무덤 내부가 참으로 인상적이다. 말안장, 말투구뿐만 아니라 화살과 함께 별다른 장식이 없는 고리자루 칼까지 여러 개가 등장하고 말이지. 이는 곧 무덤 주인공이 당시 남다른 무력을 기반으로 힘을 과시한 인물이자 그 강력한 권력의 기반에 대가야와 연결점이 컸음을 알려준다. 그런 만큼 5세기 후반의 합천은 고령 대가야와 정치적으로 함께하던 중요세력이 아니었을까?

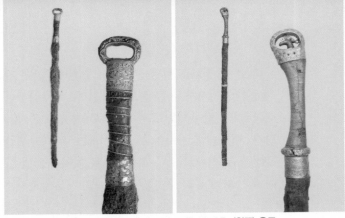

옥전 고분군 M3호분 칼 손잡이 장식 부분. 보물 2042호. (왼쪽) 용문 장환두대도, (오른쪽) 단봉문환두대도. 국립경상박물관 소장.

그런데 이와 유사한 형태로 화려하게 장식된 대가야식 고리자루 큰 칼이 대가야의 수도가 위치한 고령을 중심으로 합천, 창녕, 산청, 함안 등에서 출토되었기에, 이를 통해 당시 대가야의 영향력을 대략 그려볼 수 있다. 이렇듯 비슷한 시점 백제, 신라가 자신을 따르는 세력에게 금동관을 부여하는 방식을 대가야에서는 고리자루 큰 칼로 대신했던 것.

게다가 앞서 이야기했듯 대가야의 고리자루 큰 칼뿐만 아니라 금 세공품은 일본에서도 여럿 출토되었거든. 이는 곧 이 시기 대가야가 여러 가야 소국들을 통솔하는 것을 넘어 바다 건너 일본과의 교류에도 적극적이었음을 알려주는 증거다. 실제로 5세기 후반 들어와 일본 각지로 대가야의 금 세공품이 적극 유입되었는데, 이는 일본 간사이 지역의 정치적

합천박물관 2층 M3호분 재현 전시. 부장품으로 등장하는 수많은 무기와 말 갑옷이 특별히 눈에 띈다. ©ParkJongmoo

발달이 심화되면서 한반도의 금 세공품에 대한 수요가 갈수록 커지며 나온 현상이었다. 즉 일본에서도 위계에 따라 중앙에서 위세품을 적극 분배하는 상황이 만들어지자, 이에 필요한 금 세공품을 자신들과 친밀한 관계를 가진 대가야로부터 적극 받아 충당했던 것. 뿐만 아니라 대가야 영향을 받아 비슷한 디자인으로 제작된 일본의 금 세공품 역시 존재하기에 당시 대가야의 영향력을 절로 이해할 수 있지.

　여기까지 살펴보니, 대가야가 5세기 후반 전성기에 들어와 주변 소국 통제뿐만 아니라 일본과의 교

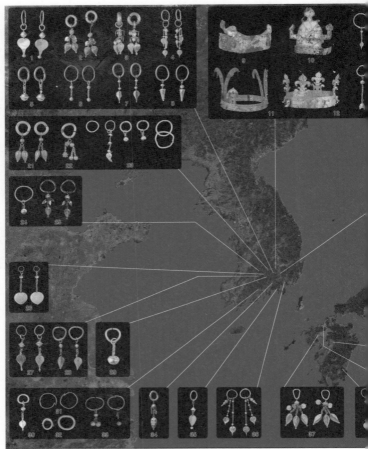

대가야 금세공품 출토지역. 1 합천 옥전 M3호분. 2 옥전 M4호분. 3 옥
전 M6호분. 4 옥전 28호분. 5·6 옥전 35호분. 7 옥전 91호분. 8 옥전
95호분. 9 고령 지산동 30호분 2곽. 10 지산동 32호분. 11·12 傳 지산
동 고분군. 13 지산동 1~40호묘. 14·15 지산동 44호분 6곽. 16 지산
동 44호분 32곽. 17 지산동 45호분 주곽. 18 지산동 45-2호묘. 19 창녕
계성 A지구 1호묘. 20 교동 31호분. 21·22 傳 거창 개봉동 고분군. 23
가조 석강리 M13호분. 24 장수 삼고리 2호분. 25 봉서리 고분군. 26
함양 백천리 1호분. 27 남원 월산리 M5호분. 28 월산리 M6호분. 29 산
청 평촌리. 30 순천 운평리 2호분. 31 운평리 3호분. 32 운평리 5호분.

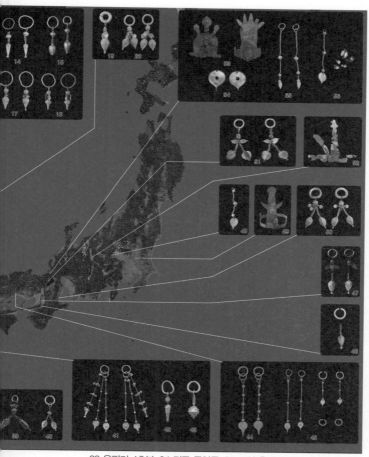

33 운평리 4호분. 34 진주 중안동. 35 고성 율대리 고분. 36 창원 다호리 고분군. 37 일본 사가현 다마시마고분. 38 미야자키현 시모키타가타고분. 39·40 후쿠오카현 히하이즈카고분. 41 구마모토현 에다후나야마고분. 42 덴사야마고분. 43 모노미야구라고분. 44 효고현 간즈카고분. 45 미야야고분. 46 오사카부 이치스가B7호분. 47 와리즈카고분. 48 군마현 겐자키나카도로유적. 49 도치키현 구와57호분. 50 미에현 구루마즈카고분. 51 시가현 가모이나리야마고분. 52 나가노현 샤쿠라카오카고분. 53 후쿠이현 니혼마츠야마고분. 54 니시즈카고분. 55 덴진야마7호분. 56 무카이야마고분. ©박천수, 고대한일교류사, 경북대학교 출판부, 2023

류에도 적극적으로 임했음을 알 수 있구나. 4세기 시절 금관가야가 가야 여러 소국을 통제함과 더불어 일본과의 교류를 통해 중심국가로 올라섰던 모습을 대가야 또한 그대로 재현하기에 이른 것이다. 진정한 지역강국으로서 올라선 모습이니, 이 시점이 소위 5세기 말 조성된 고령 지산동 44호분 시대와 연결되는 대가야 최고 전성기라 하겠다.

옥전 고분군과 백제, 신라, 가야

　흥미로운 점은 대가야 영향력을 말 그대로 물씬 풍기고 있는 합천 옥전 M3호분과 달리 다른 옥전고분 중에서는 백제, 신라로부터 받은 부장품이 출토되기도 했다는 것. 이와 관련한 내용은 합천박물관 1층에 전시 중이다. 그럼 다시 1층으로 내려가서 살펴볼까?

　예를 들면 5세기 초반 조성된 옥전 23호분의 경우 백제 금동관모가 출토되었으며, 로만글라스가 출토된 옥전 M1호분의 경우 5세기 중후반에 조성되었다.

　참고로 로만글라스란 고대 지중해, 즉 로마 세력 범위에서 유행한 유리그릇으로 북방의 초원을 따라 실크로드를 지나 한반도로 넘어왔다. 당시 기준으로 어마어마한 거리를 이동한 특산물인 만큼 한반도에서는 매우 높은 가치를 지닌 물건으로 대접받았지. 한마디로 금 세공품 이상의 가치라 할까? 무엇보다 깔끔한 유리로 된 그릇인지라 토기, 청동기, 나무 그릇들보다 위생 면에서 훨씬 좋았으니 지금도 주방에서 쓰는 그릇 대부분이 자기 또는 유리인 건 다 그 이유 때문이다. 그만큼 유리는 인류가 만들어낸 최고의 그릇 재료 중 하나라는 의미.

그런데 한반도 내 고분에서 출토된 20여 점의 로만글라스 중 거의 대부분이 경주 고분에서 나올 정도로 해당 그릇은 신라에서 특별한 인기를 얻었다. 학계에서는 실크로드를 넘어온 로만글라스가 고구려를 거쳐 신라로 들어온 것으로 추정 중. 그렇다면 M1호분에서 출토된 로만글라스는 아무래도 신라에게서 선물 받았을 가능성이 높다고 볼 수 있겠군. 실제로도 M1호분의 로만글라스와 경주 금령총의 로만글라스가 거의 유사한 디자인이거든.

시간이 지나 5세기 후반에는 대가야 영향이 가득한 옥전 M3호분이 조성되었고, 6세기 초중반에 조성된 옥전 M6호분에서는 신라 금동관이 출토되었다. 그리고 6세기 중후반의 옥전 M11호분의 경우 백제 형식 무덤구조에다 백제 금속세공품이 여럿 출토되었지.

이런 고고학적 결과를 바탕으로 5~6세기 옥전 고분의 출토품 변화를 살펴보면 다음과 같다. 기본적으로 가야 유물기반에다 5세기 초반 백제 금동관→ 5세기 중후반 신라 로만글라스→ 5세기 후반 대가야 고리자루 큰 칼→ 6세기 중반 신라 금동관→ 6세기 중후반 백제 세공품 등이 주요 부장품으로 등장한 것.

(왼쪽) 옥전 M1호분에서 출토된 로만 글라스. (오른쪽) 경주 금령총에서 출토된 로만 글라스. 국립중앙박물관. 두 개가 거의 유사한 디자인이다.

이는 곧 고대 시절 합천 지역에 대해 대가야뿐만 아니라 백제, 신라까지 큰 관심을 두고 적극적인 포섭에 나섰음을 의미한다. 이를 미루어 볼 때 고령을 기반으로 한 대가야는 5세기 후반 전성기를 찍으며 한때 백제, 신라의 영향을 받던 합천 지역을 6세기 초반까지 어느 정도 통제하는 데 성공하였으나, 6세기 중반 들어오며 다시금 백제, 신라로부터 엄청난 압박이 가해졌음을 알 수 있지. 아무래도 백제, 신라 입장에서는 고령과 가까운 합천을 공략한다면 대가야의 힘을 그만큼 약화시킬 수 있다고 여긴 듯하다.

이제 슬슬 박물관 구경을 끝내고 옥전 고분군을 향해 걸어가며 이야기를 이어가볼까?

옥전 고분군과 대가야 신화

옥전 고분군은 합천박물관 뒤 야산에 위치하고 있다. 나도 오늘 처음 방문한 만큼 혹시 다른 길로 샐까봐 표지판을 따라 천천히 이동해본다. 고령의 지산동 고분군과 비교하면 산이 그리 높지 않고 경사마저 그다지 심하지 않아 쉽게 올라갈 수 있구나. 길도 생각 외로 복잡하지 않음. 그럼에도 불구하고 꽤 오른 후 뒤를 돌아보니, 합천 박물관이 저 아래로 보인다. 역시나 가야 무덤답게 산 능선을 따라 조성했음을 알 수 있네.

이곳 옥전 고분군은 4세기부터 6세기 중후반까지 무덤이 만들어졌으며, 이 중 나름 규모가 큰 고분이 20여 개, 작은 고분까지 합치면 무려 1000여 개가 있다고 한다. 무엇보다 20여 개의 규모 있는 고분이 한 지역에 밀집된 듯 모여 있어 무척 인상적이지. 가까이 다가가서 살펴보니 여기에도 발굴 조사한 내용이 고분 앞에 패널로 잘 설명되어 있구나. 가만, 아까 고령에서는 고분을 보고나서 박물관을 구경했는데, 이와 반대로 박물관을 보고나서 고분을 구경하는 방식

(위) 합천박물관 뒤 야산에 위치한 옥전 고분군. (아래) 옥전 고분군 분포도. 합천박물관.

도 은근 괜찮은 듯하다. 덕분에 박물관에서 확인한 유물이 아직 선명하게 기억에 남아 있을 때 어느 고분에서 해당 유물이 출토되었는지를 바로 연결하여 감상이 가능하거든.

한데 옥전 고분군에서 큰 규모의 고분이 등장하는 시점은 5세기 초반부터이다. 그 이전에는 토기와 적은 숫자의 철기 정도가 무덤 부장품이었으나 5세기 초반부터 비로소 무덤에 금 세공품이 등장하기 시작했으며, 철기 부장품 역시 갑옷, 투구, 무기, 말 갖춤 등이 제대로 갖춰졌거든. 이는 곧 이 지역에 강력한 정치집단이 등장했음을 의미하지. 특히 앞서 박물관에서 보았듯이 옥전 고분군은 유독 수준 높은 유물이 많이 출토된 만큼 이들 집단은 상당히 높은 실력을 갖췄던 모양이다. 나름 대가야 영역에서는 위계상 고령 다음가는 높은 수준의 부장품이니까.

게다가 옥전 고분군 중 5세기 초반 고분의 경우 흥미롭게도 금관가야, 즉 김해 대성동 고분군에 있는 무덤의 구조와 유사하다고 한다. 그래서 몇몇 학자들은 광개토대왕이 파견한 고구려 5만 대군으로 인해 금관가야의 세력이 크게 무너진 직후 김해에서 이주한 세력 중 일부가 옥전에 자리 잡으며 규모 있는 고분이 조성된 것으로 해석하더군. 고고학적으로 볼 때 실제로도 금관가야 세력 중 일부가 400년에 벌어진 고구려의 한반도 남부 원정 이후 일본, 낙동강 중류 지역으로 적극 이주했다는 주장도 있으니까. 낙동강 하류에 위치한 김해에서 아예 바다를 건너 일본으로 가거나 아니면 낙동강을 따라 내륙으로 이동한 것이다.

만일 이 의견이 옳다면 5세기 초, 중반부터 이미 옥전 고분군에 백제와 신라가 여러 귀한 부장품을 전달한 것으로 보아 금관가야 세력 중 상당한 실력자가 이곳에 이주하여 자리 잡았다는 의미인데. 그렇게 다가가니 웬걸? 대가야 신화가 묘하게 해석되는걸.

> 가야산신 정견모주는 곧 천신인 이비가지에게 감응되어 대가야의 왕 뇌질주일과 금관국의 왕 뇌질청에 두 사람을 낳았다.
>
> 최치원의 《석이정전(釋利貞傳)》

가야산은 고령과 합천에 걸쳐 있는 해발 1433m의 높고 큰 산이다. 해당 신화에 따르면 가야 산신의 아들인 대가야왕과 금관가야왕은 서로 형제였는데, 문제는 고령에 위치한 대가야와 달리 금관가야는 저 멀리 바다와 접한 김해에 있었기에 가야산과 연결시키기가 좀처럼 쉽지 않다는 것. 그래서 예전부터 개인적으로 의문이 좀 있었다. '왜 하필 금관가야 시조까지 조금은 억지스럽게 가야산의 후손으로 설정되었지?'

그런데 이곳 합천에 위치한 옥전 고분군은 가야산과 가까운 위치인 만큼 만일 이들이 금관가야의 후손으로서 당시 나름대로 대표성이 있었다면 가야산을 기반으로 한 새로운 신화를 통해 고령 대가야와 형제관계 역시 충분히 맺을 수 있지 않을까?

그렇다면 바로 그 시점은 다름 아닌 고령 지산동 44호분과 합천 옥전 M3호분이 조성되던 시점인 5세기 후반, 더 나아가 이들 무덤 주인공들이 생존하던 시점까지 내려간다면 5세기 중반일 가능성이 높을 듯싶다. 고령에서 지산동 44호분이 조성되는 등 대가야 왕권이 크게 강화되며 주변으로 큰 위세를 뽐낼 때, 마침 옥전 M3호분에서는 대가야 토기 및 고리자루 큰 칼을 4개나 지닌 상당한 권력자의 무덤이 조성되었으니까. 그만큼 고령과 합천 세력이 정치적으로 가고자 하는 방향이 완벽히 일치하던 시점이었지.

뿐만 아니라 고대에는 상이한 두 세력을 하나로 묶기 위해 두 세력이 본디 같은 뿌리였다는 신화를 종종 선보이곤 했다. 예를 들면 신라에서는 6세기 초반 신라 왕을 배출한 김씨 집단과 왕비를 배출한 박

옥전 M3호분. ©Park Jongmoo

씨 집단 간의 결합, 7세기 중반 김춘추 가문과 가야
계 김유신 가문의 결혼 동맹 등의 사건에서 "상이한
두 집단의 결합처럼 보일지 모르나 사실 두 집단 모
두 저 옛날 같은 뿌리에서 나뉘어 이어온 것이다."라
는 이야기를 새로운 신화 또는 족보 도입을 통해 적
극 주장했으니까. 즉 본디 같은 뿌리에서 나뉘어 시
간이 지나 다시 합쳐졌다는 스토리텔링이라 하겠다.
혹시 이와 관련된 내용이 더 깊게 궁금하다면《일상
이 고고학: 나 혼자 가야 여행》249쪽을 참조.

이와 유사하게 고령과 합천 역시 정치적인 목적

아래 두 세력의 뿌리가 본래 하나였다는 대가야 신화가 구축되면서 비로소 가야산을 중심으로 하여 대가야와 금관가야 시조가 사실은 형제였다는 이야기가 등장한 것일지도 모르겠군. 어쨌든 역사기록이 거의 남아 있지 않는 관계로 고고학 결과물을 바탕으로 대가야 신화를 최대한 그럴듯하게 맞추어보았다. 음, 내가 보아도 옥전 고분군에 오르며 갑자기 떠오른 아이디어치고 꽤 그럴듯한걸. 기회가 되면 나중에 살을 더 붙여볼까? 하하.

그럼 옥전 고분을 조금 더 감상하다가 내려가도록 하자.

택시를 타고 합천읍으로

옥전 고분을 다 돌아보고 합천박물관으로 내려왔다. 이제 합천읍으로 가야 하니 카카오택시를 불러야지. 이런 점이 카카오택시가 등장하기 전과 비교해 여행이 편리해진 부분이다. 카카오택시가 없었을 때는 택시 부르는 것도 보통 일이 아니었거든.

그런데 카카오택시를 부르고 나서 얼마 뒤 전화가 울린다.

"아 손님, 제가 요청을 받았지만 지금 너무 먼 데 있어서 가기 힘들 것 같은데요. 대신 다른 기사를 보낼 테니 카카오 택시 취소 부탁드립니다."

"아 네네. 그럼 어떻게?"

"아~ 취소는 제가 할 테니, 10분만 기다리면 거기 주차장으로 택시가 갈 거예요."

"네. 알겠습니다."

카카오택시를 이용하면서 이런 경우는 또 처음이네. 가기 힘들어 취소해달라는 이야기는 종종 경험했지만, 자신이 취소하고 대신 다른 택시를 보내준다는 건 처음. 그럼 10분 뒤 택시가 정말로 올지 기다려보자. 그 사이 화장실을 들르고 가져온 음료수도 마시며 휴식을 취한다.

그렇게 10여 분이 지나자 정말로 택시 하나가 슬그머니 박물관 주차장으로 들어섰다. 손을 흔들며 택시를 타니, "합천시외버스터미널 가시죠?"라 물어보는 택시 기사님.

"네. 맞습니다."

택시는 나를 태우고 신나게 합천읍을 향해 달리는데, 택시 기사님에게 전화가 온다.

"아무개야. 내가 이야기한 손님 만났나?"

"네 형님, 지금 모시고 터미널로 갑니다."

"그래, 수고."

라고 이야기를 나누는군. 아까 카카오택시로 연결된 기사분과 이야기를 한 모양. 이후로 기사님과 이런저런 대화를 나누다보니 어느덧 택시는 20여 분을 달려 합천읍내에 들어왔고 곧 터미널에 도착했다. 기사님과 인사하며 헤어진 후 터미널로 들어서자 버스 시간표가 저기 보이는구나. 지금이 오후 3시 30분이니. 음, 약 1시간 30분을 기다리면 오후 5시에 출발하는 서울행 버스가 있네. 그럼 9시 30분쯤 서울에 도착하니까 집이 있는 안양까지 가면 오후 11시? 어이쿠 늦네, 늦어.

음, 어찌할까? 시간이 약간 애매해서 고민하던 중

진주로 가는 버스 노선이 갑자기 눈에 띈다. 마침 14 분 뒤인 오후 3시 34분에 진주행 버스가 있잖아? 여기서 진주까지는 약 50분 정도 걸릴 테고. 진주에 위치한 경상국립대학교 박물관은 오후 6시까지 운영을 하니. 어찌어찌 타이밍이 잘 맞으면 방문할 수 있겠네? 오호.

그래 결심했다. 옥전 고분군에서 출토한 유물이 전시 중인 경상국립대학교 박물관을 오랜만에 방문해보자. 시간이 딱딱 맞는 것을 보니 마치 나를 위한 운명처럼 다가와서 말이지.

6. 진주에서

버스를 타고

진주로 가는 버스를 타고 가던 중 아침 일찍 해인사에서 출발하여 고령, 합천까지 방문하여 그런지 서서히 몸에 고단함이 느껴지는 듯하다. 게다가 아침 외에는 제대로 된 식사마저 하지 않고 있었구나. 먹는 시간이 아깝다고 중간중간 과자나 먹으면서 유적지와 박물관 탐방에 너무 집중한 듯싶군. 슬슬 나이가 나이인 만큼 쉬엄쉬엄 도는 습관을 만들어야하는데, 여전히 여행을 너무 타이트하게 즐기고 있네.

그래, 다시 한 번 계획 변경이다. 버스 시간이 딱딱 맞아 떨어지던 운명을 거스르고 진주에 도착하면 밥부터 먹고 하루 푹 잔 다음 내일 아침에 여유 있게 경상국립대학교 박물관에 들러야겠다. 그리고 경상국립대학교 박물관 구경 후에는 기차를 타고 함안을 가볼 생각이다. 진주에서 함안이 바로 코앞이라. 마침 함안에도 말이산 고분군이라는 가야 고분이 있는데, 이곳도 나름 가야 고분 + 박물관 시스템이거든. 간 김에 가능한 다 돌아봐야지, 암.

그럼 버스 안에서 숙소나 알아볼까? 피곤한 만큼

동방관광호텔에서 바라본 진주 남강 풍경. ©Park Jongmoo

스마트폰으로 진주시외버스터미널에서 가능한 가까운 장소, 그러면서도 조식이 나와 선택장애를 겪지 않아도 되는 숙소를 찾아보다 동방관광호텔을 발견했다. 가격은 호텔이라 조금 세지만 조식에다 사우나까지 서비스로 있다니 굿. 변경된 계획에 따라 시외버스터미널 근처에서 저녁을 먹고 숙소에서 쉬다 사우나에서 몸을 풀어야겠다. 예약 완료.

그럼 오늘 여행은 버스에서 헤어지고 내일 다시 만나요~

경상국립대학교 박물관

호텔에서 푹 쉬었더니 몸이 정말 개운하다. 게다가 호텔 꼭대기인 9층에서 뷔페식 조식을 먹으며 남강이 흐르는 아름다운 진주시 모습을 잘 감상하였지. 진주시의 모습이 얼마나 멋지던지 오죽하면 진주에서 살고 싶다는 생각이 들 정도. 이러다 언젠가 국내 여행자를 위한 가성비 숙소를 소개하는 책을 쓰는 거 아냐? 하하. 그런데 식당에서 남강을 구경하다보니, 이곳 호텔과의 놀라운 인연이 갑자기 기억났다. 다름 아닌 내가 공군훈련소 가기 전 날 묵었던 장소가 이 호텔이었다는 것. 이럴 수가. 이곳 남강 모습을 보니까 떠오르는걸.

그렇게 호텔에서 푹 쉬다 버스를 타고 오전 9시 30분경 경상국립대학교까지 왔다. 진주에 위치한 거점국립대학교인 경상국립대학교는 본래 경상대학교라고 불렸는데, 2021년부터 국립이라는 명칭을 더하여 경상국립대학교라 교명을 변경하였다. 무엇보다 서울대학교, 부산대학교, 전남대학교 등에는 국립을 붙이지 않는 반면 이곳에는 국립이 붙어 있어 흥미롭게 다가온다. 캠퍼스는 지역을 대표하는 국립 대학교답게 어마어마하게 넓은 편으로 박물관 건물 역시 훌륭한 모습을 자랑하고 있지.

개인적으로는 어릴 적 아버지가 이곳에서 일하신 적이 있어 그때부터 알게 된 학교라 하겠다. 물론 어릴 때라 그런지 "진주에도 내 고향 부산의 부산대학교처럼 어마어마한 넓이를 자랑하는 대학교가 있구나."라며 알게 된 정도였지만. 아, 맞다. 아버지가 부산대에서도 꽤 오래 일하셨거든. 그래서인지 부산대 역시 여러 번 방문하다보니 꽤 익숙함.

그러다 성인이 되어 전국 박물관을 구경하며 돌아다니던 어느 날 어쩌다보니 경상국립대학교 박물관을 방문하게 되었는데, 웬걸? 마치 도서관 건물 한 층에 세 들어 있는 형태였지만 박물관 전시내용과 유물수준이 꽤 높은 것이 아닌가? 그때 기억을 다시금 추억해보면 전시 내용이 나름 부산대학교 박물관과 유사한 느낌이 들었다. 아무래도 두 박물관 모두 지역 고고학 조사에 적극 참여하면서 여러 가야 유물을 많이 수집하였기에 그런 듯싶군. 다만 차이점이 있다면 부산대 박물관은 작지만 어쨌든 꽤 근사한 단독 건물에 있었다는 점.

그러나 시간이 지나 경상국립대학교 박물관 역시 2018년 새로 건물을 신축하여 이전하면서 드디어 단

현대식으로 세련되게 지어진 경상국립대학교 박물관. ©Hwang Yoon

독 건물에 세련된 모습으로 전시를 보여주게 된다.
그럼 박물관 소개는 이 정도에서 끝내고 내부로 들
어가볼까?

다라국

　경상국립대학교 박물관은 앞서 이야기했듯 옥전 고분군을 중심으로 한 '다라국실'이 메인이다. 유물 및 설명이 대학교 박물관답게 깊이가 있고 상세한 편인 데다 합천박물관에서 만나지 못한 유물들도 여럿 등장하여 보는 맛도 남다르다. 중간중간 관람객 이해를 위한 지도마저 잘 그려져 있고 말이지. 그래, 역사 공부는 지도와 함께 해야 제 맛이야, 암. 다라국실은 박물관 2층으로 올라가면 만날 수 있다.

　그런데 옥전 고분군 유물을 왜 '다라국실'이라는 명칭의 전시실에 둔 것인지 궁금증이 생기는걸. 아무래도 금관가야 및 대가야는 그나마 학창시절이나 공무원, 대기업 취업시험 때문에 접한 경험이 있을지 모르나, 다라국은 처음 접하는 사람이 많을 듯하다. 게다가 어제 옥전 고분군에 위치한 합천박물관에서도 내가 여러 출토 유물을 살펴보느라 정신없어 언급하지 않았을 뿐 '다라국'이라는 명칭이 설명 패널에 여러 번 등장했었거든. 한마디로 옥전 고분군을 다라국이 조성했다는 것인데, 대다수가 잘 모르는 국가인 만큼 다라국이 등장하는 기록을 우선 살펴봐야겠군.

> 백제는 도성을 "고마"라 하고, 읍을 "담로"라 하는데, 이는 중국의 군현과 같은 말이다. 그 나라에는 22담로가 있는데, 모두 왕의 자제와 종족에게 나누어 다스리게 했다. 주변의 소국으로는 반파(叛波), 탁(卓), 다라(多羅), 전라(前羅), 사라(斯羅), 지미(止迷), 마련(麻連), 상사문(上巳文), 하침라(下枕羅) 등이 부속되어 있다.
>
> 양직공도(梁職貢圖) 백제국사(百濟國使) 제기(題記)

양직공도(梁職貢圖)는 526~536년 무렵 양나라에 파견된 여러 외국인 사신을 그림으로 그리고 각 사신 옆에는 각각의 국가에 대한 설명을 글로 기록한 문서이다. 마침 이 당시 양나라는 양 무제(재위 502~549년)라는 걸출한 인물이 황제로 있었는데, 무려 48년 간 즉위하면서 역사에 길이 남을 만큼 큰 번영을 이룩하였거든. 그런 만큼 주변의 여러 나라가 사신을 보내자 이를 양나라에 조공을 보내는 국가로 여겨 남다른 자부심을 가졌다. 그런 만큼 조공을 보낸 사신들을 따로 모아 그림과 글로 기록해두었으니, 사실상 양직공도라는 의미부터 양나라로 직공

(職貢), 즉 공물을 바치는 사신을 그린 그림이라는 뜻을 지니고 있으니까.

다만 양나라 시절 양직공도는 오랜 세월을 지나며 사라졌으며, 현재 4개의 모사본이 존재할 뿐이다. 이 중 베이징 중국역사박물관이 소장하고 있는 양직공도는 500년 정도 지난 북송(960~1127년) 시절 모사된 그림으로 여기서 모사(模寫)란 원본을 그대로 본을 떠서 그린 그림을 뜻하지. 한편 북송 모사본 양직공도에는 12개국의 사신 그림과 더불어 13개국에 대한 설명이 등장하고 있는데, 이 중 백제 사신이 있기에 우리에게 큰 의미를 준다. 단아한 외모에 머리에는 격식 있는 모자를 쓰고 비단옷과 검은 신발을 신고 있는 과거 6세기 초반 백제인을 만날 수 있기 때문. 남아 있는 백제인 그림이 거의 없는 상황에서 정말 희귀한 경험이 아닐는지.

뿐만 아니라 백제 사신 옆으로는 글이 있으니 이 부분이 다름 아닌 양나라 측이 남긴 백제에 대한 기록이다. 이 중 위에 언급한 내용이 흥미롭게 다가오는 걸. 백제의 지방이 22담로로 운영되고 있고 외부에는 반파, 탁, 다라, 전라, 사라, 지미, 마련, 상기문, 하침라 등의 소국이 부속되어 있다는 내용이 그것. 해당 국가들을 하나씩 살펴보면 다음과 같다.

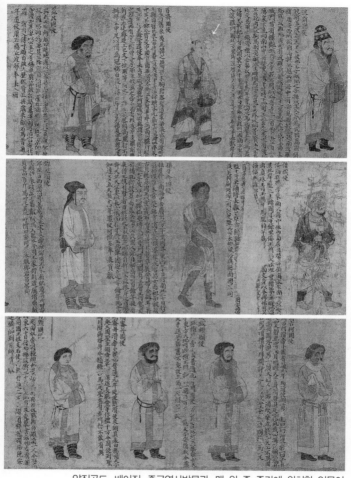

양직공도, 베이징, 중국역사박물관. 맨 위 줄 중간에 위치한 인물이
백제 사신이다.

1. 반파 = 고령의 대가야, 2. 탁 = 창원의 탁순국,
3. 다라 = 합천의 다라국, 4. 전라 = 함안의 아라가
야.

이처럼 양직공도를 통해 그 옛날 한반도에 다라
국이 존재했음을 알 수 있구나. 무엇보다 여기까지 4
개 국가는 당시 가야 연맹을 구성하는 주요 멤버라
하겠다. 다음으로

5. 사라 = 신라, 그리고 6. 지미, 7. 마련, 8. 상사
문 = 이렇게 3개 국가는 섬진강 주변에 위치한 소국
들이다. 마지막으로 9. 하침라 = 제주도다.

해당 기록은 당연하게도 6세기 초반 백제 사신에
의해 양나라로 전달된 정보를 수록한 것이다. 《삼국
사기》와 《삼국유사》에는 전혀 보이지 않는 기록인
만큼 안타깝게도 이런 식으로 중간에 사라진 백제의
기록이 꽤 많았던 것 같네. 또한 당시 백제가 양나라
로 사신을 보내면서 한반도 남부의 여러 국가들, 그
러니까 대가야를 중심으로 한 가야 연맹, 섬진강 주
변의 여러 소국들과 제주도, 더 나아가 신라까지 백
제를 따르는 주변 국가라 주장했음을 알 수 있구나.
이를 소위 방소국(傍小國)이라 부르니, 백제에 의탁

하여 스스로는 중국의 황제에게 사신을 파견할 수 없는 국가를 의미한다. 한마디로 중국에다 백제가 한반도 남부를 총괄하는 큰 국가로 알린 모양.

그런데 백제가 양나라에게 자신이 여러 방소국을 거느리고 있었다고 주장한 이유는 과연 무엇일까?

조공은 중국과 주변국 사이에 소위 격식을 갖춘 외교행위다. 이때 주변국이 공물이라 부르는 자국 특산물을 바치면 중국은 회사(回賜))라 하여 답례물품을 주었는데, 이런 모습이 물물교환처럼 다가오기에 요즘 들어와 공적 무역과 같은 경제적 측면을 크게 부각하여 해석하는 경우가 많다. 그러나 기본적으로 조공은 지극히 정치적인 행위라 하겠다. 예를 들어 중국과 외교를 맺은 주변국 입장에서는 조공의 대상이 해당 국가의 국왕으로 한정되는 바람에 중국 물품의 입수, 분배 권한을 왕이 독점할 수 있었거든. 왕을 통해 비로소 귀한 중국 물건이 자국 내 분배되는 것이니 이 자체가 권력이 되는 것이지.

양 무제 보통(普通) 2년(521)에 신라왕 모태(募泰, 법흥왕)가 처음으로 백제 사신 편에 붙어 사신을 보내 표(表)를 올리고 방물을 바쳤다. 그 나라에서는 성(城)을 건년(健年)이라 부르며 그 습속은 고구려와 비슷하다. 문자가 없어 나무를 새겨 표시로 삼는다. 말은 백제를 거쳐야만 통할 수 있다.

'양직공도(梁職貢圖)' 모사본 중 하나인 '제번공직도(諸番貢職圖)'

신라 제기

　게다가 백제는 단순한 조공국을 넘어 한반도 내에서는 중국의 문화를 독점적으로 받아와 이를 백제를 따르는 여러 국가에게 나눠주는 또 다른 종주국으로 군림하고자 했다. 이를 위해 양나라에게 주변의 9개국을 방소국으로 인식시켜 백제의 국제외교틀 안에 이들을 묶어두고자 한 것. 사실상 중국과의 독자적인 외교권을 박탈시키는 효과라 할까? 대표적인 예시로 521년 백제 사신이 신라 사신을 양나라로 데려가 통역까지 해주는 모습이 있다. 이렇듯 방소국들은 백제의 중개를 통해 중국과 교류하라는 거지.

　더 나아가 백제는 양나라로부터 여러 국가를 거느린 큰 국가로서 인식된 만큼 더 많은 중국 문물을 받아올 수 있었기에 이 부분에서도 큰 장점이 있었다. 뛰어난 중국 문물의 유입으로 백제에서 제작하는 문물 수준마저 발전하면서 가야, 신라 등과는 격이 다른 완성도를 보여주었거든. 당연하게도 백제는 이러한 자국 생산품 및 문화 시스템을 활용하여 국내뿐만 아니라 주변국과의 외교까지 적극 활용하였다. 이와 연결되는 대표적인 예시로는 일본 등지에 불교문화를 전달하는 백제의 모습이 있겠군.

여기까지 살펴보자, 갑자기 의문이 생긴다. 어제 고령의 지산동 고분군과 대가야박물관을 구경하면서 5세기 후반인 479년, 대가야 왕 하지왕이 중국 남제로 사신을 보낸 적이 있었다고 했건만, 어쩌다 6세기 초반에 들어오자 대가야는 백제의 방소국이라 하여 단독으로는 중국에 사신을 보낼 수 없는 처지로 인식되고 만 것일까? 참고로 중국에서 남제 다음 등장한 나라가 바로 양직공도를 그린 양나라였으니, 아무래도 이 사이, 약 40년 동안 무슨 일이 생긴 듯싶다.

다시금 강해진 백제

박물관 전시실 의자에 앉아 잠시 사진을 찾아본다. 그래 바로 이거야.

전라북도 부안군에서 서해를 향해 이동하다보면 변산반도를 만날 수 있다. 더 나아가 변산반도 서쪽 끝에 다다르면 수성당(水城堂)이라는 사당이 등장하는데, 주변 바다가 시원하게 펼쳐 보이는 장소지. 그런데 수성당 건물 뒤쪽으로 우연히 제사 관련한 유물이 발견되면서 1992년부터 수차례에 걸쳐 발굴조사에 들어갔다.

이 조사를 바탕으로 이곳을 '부안 죽막동 제사유적'이라 명하게 되었는데, 발굴된 유물은 제사에 사용한 뒤 깨트려 버린 토기들로 다름 아닌 마한, 백제, 대가야, 통일신라의 물건이었다. 덕분에 변산반도에서 3세기 후반 마한 시절부터 9세기 통일신라 시절까지 제사가 꾸준히 이루어졌음을 알 수 있었으니, 이는 과거 바닷길을 사용하던 이들이 안전을 기원하며 제사를 지낸 흔적이었던 것. 그리고 이런 제사 문화는 규모가 작아졌을 뿐 고려, 조선시대까지 꾸준히 행해졌기에 지금까지도 사당이 세워진 채 그 자취를 이어가고 있다. 현재 관련 유물들은 국립전주박물관에 전시 중이다.

그런데 출토된 유물 중 마한, 백제, 통일신라의 것들은 한때 이곳을 직접 경영한 국가였으니 이해가 되지만 내륙 국가였던 대가야 유물이 왜 이곳에 등장한 것일까?

5세기 시점의 일이다. 당시만 하더라도 서해바다 근처에 위치한 소국들이 백제에 포섭되었던 만큼 죽막동에는 백제가 중심이 된 제사가 이어지고 있었다. 그러나 고구려 장수왕의 매서운 공격으로 475년 백제가 한성을 뺏기면서 상황이 바뀌었다. 백제가 지금의 서울인 한성에서 충청도 지역으로 수도를 이전한 뒤로도 여러 백제 왕이 정치적 혼란 속에서 암살당하는 등 혼란이 계속 이어졌거든.

그렇게 백제의 주변 통제력이 약화되자 그 틈을 놓치지 않고 마침 5세기 초반부터 힘을 갖춰가던 대가야가 변산반도 앞의 바다를 사용하고자 했다. 이곳이 나름 대가야가 있던 고령에서 중국으로 건너갈 수 있는 최단 거리에 위치한 항구였기 때문. 이런 노력의 결실로 백제가 한성을 빼앗긴 지 얼마 지나지 않은 479년, 대가야의 하지왕(荷知王)은 중국 남제로부터 보국장군본국왕(輔國將軍本國王)이라는 중국

서해를 바라보고 있는 수성당. ©ParkJongmoo

식 작호를 받아오기에 이른다. 이는 곧 그동안 백제 왕이 바다 건너 중국과 직접 통교를 통해 관직을 받아와 국내적으로 권위를 얻어낸 것처럼 대가야왕 역시 바다 건너 중국과 외교를 통해 남다른 권위를 만드는 데 성공했음을 의미했지.

결국 대가야가 본래 백제 영역이었던 부안을 지나 바다를 건너 중국으로 갔기에 부안 죽막동 제사 유적에 대가야 토기가 대거 등장했음을 알 수 있구나. 이는 곧 죽막동에서 출토된 대가야 토기의 양만큼 그들의 중국과 직접 교류에 대한 열정이 얼마나

대왕(大王)명 유개장경호(有蓋長頸壺), 충남대학교 박물관.

컸는지 알 수 있다는 의미이기도 하다. 뿐만 아니라 백제 또한 강력한 고구려와 대항하기 위하여 대가야의 지원이 필요했던 만큼 바다 근처 부안 죽막동에서 제사를 함께 개최하는 방식으로 대접해준 듯하고 말이지.

한편 중국과 교류를 통해 높아진 권위 등이 합쳐지며 대가야 왕은 자신을 대왕이라 부르도록 하여 작은 가야 소국들의 왕을 통합하는 위치로서 대가야를 자리매김하고자 했다. 이는 나름 동시대 백제, 신라 왕들이 보여준 왕권강화 형태와 유사한 모습이다.

이와 관련된 유물로는 '대왕(大王)명 유개장경호(有蓋長頸壺)'가 있다. 항아리 뚜껑과 몸통인 호에

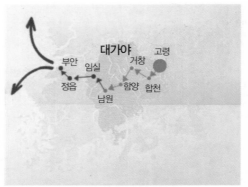

백제의 주변 통제력이 약화된 틈을 타 대가야가 변산반도 앞바다를 이용해 중국과 외교 통로를 확보하였다.

각각 '대왕(大王)'이라는 글자가 새겨져 있는 토기로서 일반적으로 '대왕명 토기'"라 부르기도 한다. 형태나 디자인을 볼 때 학계에서는 고령 지산동 고분에서 도굴된 것으로 추정하고 있으며, 1976년 대구의 한 고미술가게에 있다가 현재는 충남대학교 박물관이 소장 중. 오죽하면 '대왕'이라는 글씨 덕분에 국내 가야 관련한 전시마다 출품되거나 또는 출품이 힘들 경우 최소한 사진 자료라도 등장할 정도로 가야 토기 중에서 나름 유명한 작품이다. 가만 보니, 어제 고령 대가야박물관과 합천박물관에서도 복제품을 본 듯하네.

보통(普通) 2년(521)에 백제 왕 여륭(餘隆, 무령왕)이 다시 사신을 파견하여 표문을 올려

"여러 번 고구려를 무찌르며 싸웠으나 이제 비로소 우호관계를 맺게 되었습니다."

라고 하니, 백제가 다시 강국이 된 것이다.

그 해 양 무제가 이렇게 조서를 내렸다.

"행도독백제제군사(行都督百濟諸軍事) 진동대장군(鎭東大將軍) 백제왕(百濟王) 여륭(餘隆)은 바다 밖에서 번방(藩方)을 지키며 멀리서 직공(職貢)의 예를 닦아 그 충성심이 환히 드러났으니, 짐(朕)이 이를 가상히 여기는 바이오. 마땅히 전례에 따라 영예로운 관직을 내리노니, 사지절(使持節) 도독백제제군사(都督百濟諸軍事) 영동대장군(寧東大將軍) 백제왕(百濟王)의 관직을 허락하오.

《양서(梁書)》 동이열전(東夷列傳) 백제(百濟)

하지만 대가야의 중국 외교는 금세 한계에 봉착하고 말았다. 남하한 백제가 동성왕, 무령왕, 성왕 시대로 들어오며 본 실력을 점차 회복하자, 변산반도를 포함한 부안 지역은 강력해진 백제 영향력 아래 다시금 들어갈 수밖에 없었거든. 이에 6세기 중반부터 백제가 멸망하는 7세기까지 주로 백제 토기가 부안 죽막동 제사유적에서 사용되었으니, 주변지역과

국가 간 외교력에 있어 백제의 장악력이 완벽히 복구되었음을 보여준다.

게다가 마침 무령왕의 경우 양나라로부터 진동대장군에서 승격하여 영동대장군이라는 관직을 받았다. 이는 동시대 고구려 왕보다도 높은 관직으로 그동안 중국으로부터 매번 고구려보다 낮은 대우를 받았던 백제 입장에서 볼 때 일대 사건이었다. 그만큼 6세기 초중반은 힘을 회복한 백제가 제2의 전성기라 불릴 만큼 남다른 국력을 선보였던 시기였던 것. 당연하게도 백제 왕이 받은 영동대장군은 대가야 왕이 전에 받은 보국장군(輔國將軍)보다 훨씬 높은 대접을 받던 관직이었기에 중국과 교류가 어려워진 시점에서 대가야와 백제의 국제적 위상 격차는 더욱 벌어질 수밖에 없었다.

이처럼 중국과 직접 교류가 백제의 견제로 힘들어지면서 대가야의 국제적 위상은 예전 같지 않아졌다. 하지만 힘을 되찾은 백제의 압박은 여기에 그치지 않았다.

섬진강 유역을 둔 대립

앞서 양직공도를 통해 살펴보았듯이 6세기 초반 백제는 지미, 마련, 상사문 이렇게 섬진강 주변에 위치한 국가들을 방소국으로서 양나라에 알렸다. 그런데 이들 섬진강 주변의 국가들은 한때 대가야가 특별한 관심을 둔 지역으로 다름 아닌 섬진강 하류에서 배를 띄워 바다 건너 일본과 교류를 이어갔기 때문. 문제는 고고학적 조사를 통해 살펴본 결과 단순히 외교적인 수사뿐만 아니라 실제로도 백제가 섬진강 주변을 자신의 영역으로 가져오고자 노력했다는 점이다. 이는 5세기 후반까지만 하더라도 대가야 영향이 강하던 섬진강 주변의 출토 유물이 6세기 초반 들어와 백제 영향을 받은 고분이나 산성으로 서서히 교체되는 것으로 알 수 있지.

과거 3~4세기 시절 번성한 김해의 금관가야는 일본과의 교류를 통해 상당한 부를 축적하였으며 이것이 가야 연맹을 이끄는 중요한 힘이 되었다. 이를 통해 한반도에서 일본과 다리 역할을 하는 세력으로서 남다른 가치를 인정받았거든. 마찬가지로 5세기부터 세력을 키운 대가야 역시 일본과의 교류를 중요하게 여겼는데, 6세기 초반 백제가 섬진강을 장악하면서 그동안의 대가야–일본 간 교류가 백제–일본 교류로 빠르게 대체되기 시작하였다. 장악한 섬진강 유역을 통해 백제가 일본과의 직접 교류를 적극적으로 만들어갔으니까. 당연하게도 이는 대가야에게 엄청난 압박으로 다가왔다. 이미 중국과의 교류가 1회 단발성 이벤트로 막힌 상황에서 일본과의 교류마저 백제에 의해 약화된다면 국제적인 발언권이 더욱 약화될 것이 명백하거든.

백제의 압박으로 인한 불안한 상황을 극복하기 위해 고민 끝에 대가야는 신라와 결혼 동맹을 추진하게 된다.

이쯤 되서 다시 한 번

주변의 소국으로는 반파(叛波), 탁(卓), 다라(多羅), 전라(前羅), 사라(斯羅), 지미(止迷), 마련(麻連), 상사문(上巳文), 하침라(下枕羅) 등이 부속되어 있다.

양직공도(梁職貢圖) 백제국사(百濟國使) 제기(題記)

라는 기록을 살펴보자. 백제는 6세기 초반 양나라에게 자신의 국력을 자랑하면서 위의 9개 국가가 자신의 방소국이라 알렸는데, 이 중 '반파 = 대가야, 사라 = 신라"임은 앞서 이야기했었다. 그런데 이 당시 대가야는 이미 반파라는 이름을 대신하여 대가야를 국호로 사용하였고, 신라 역시 503년 들어와 국호를 사라에서, '덕업일신(德業日新)'에서 신, '망라사방(網羅四方)에서 라를 가져와 신라로 바꾼 상황이었다. 즉 대가야, 신라 모두 이전과 다른 큰 나라로 성장하면서 국호 역시 큰 뜻을 담은 이름으로 바꾼 것.

그런데 백제는 여전히 대가야와 신라가 세력이 작았던 시절 사용하던 국호를 양나라에 알려주었으니, 이는 의도적으로 이들의 성장을 무시하며 소국 시절처럼 대우했음을 의미했다. 이를 미루어 볼 때 백제는 대가야, 신라의 성장을 어느 정도 억제하고 싶었던 모양. 즉 강대한 고구려와 싸우기 위하여 대가야, 신라의 힘이 필요하긴 하지만 이들이 백제가 컨트롤 할 수 있는 범위 내에서 세력을 유지하기 바란 것이다.

당연하게도 이러한 백제의 태도는 대가야, 신라 모두에게 반발을 가져왔기에 두 국가 간 결혼 동맹이 이루어지는 계기가 된다.

3월에 가야국 왕이 사신을 보내 혼인을 청하였으므로, 왕이 이찬 비조부(比助夫)의 누이를 그에게 보

합천박물관에 전시 중인 옥전 M6호분에서 출토된 신라 금동관 복제품. 진품은 국립경상대학교 박물관이 소장 중이다. ©Hwang Yoon

냈다.

《삼국사기》 신라 본기 법흥왕 9년(522)

그렇다. 결국 위 기록이 등장한 시점은 다름 아닌 대가야가 백제의 압박으로 외교적 한계에 부딪치는 상황이었던 것. 그리고 신라 왕족인 비조부의 누이와 결혼하여 탄생된 아이가 다름 아닌 월광태자이자 대가야 마지막 왕 도설지였다.

외교적 고립에서 벗어나고 더 나아가 백제에 대항하기 위해 대가야는 마찬가지로 백제에 불만이 커져가던 신라와 적극적인 협력을 꾀하였다. 그러자 합천의 6세기 초중반에 조성된 옥전 M6호분에서는 신라 금동관이 출토되기도 하였으니, 땅에 오래 묻혀 많이 부식된 형태이지만 당시 대가야 지역과 신라와의 교류 모습을 잘 보여주는군.

허나 안타깝게도 대가야와 신라와의 동맹은 그리 오래 지속되지 못했다. 어제 방문한 옥전 고분군을 이곳에 복습하듯 다시 한 번 쭉 살펴보았으니, 슬슬 박물관 밖으로 나가볼까?

기차를 타고

　구경 잘했다. 시설 좋은 현대식 건물에 박물관이 자리 잡아 그런지 참으로 마음에 드네. 같은 물건일지라도 포장을 어떻게 하느냐에 따라 시각적 느낌이 다른 건 어쩔 수 없는 듯하다. 실제로 대구의 여러 고미술 가게를 방문해보면 지금도 오래된 선반 위에 과거 고분에서 유출된 신라, 가야 토기가 가득 쌓여 있는데, 박물관 전시실에서 빛을 제대로 주며 보는 것과는 천지차이로 다가오거든. 혹시 나중에 진주에 오면 깔끔한 시설과 훌륭한 전시를 자랑하는 경상국립대학교 박물관을 방문해보면 어떨까?

　자~ 이제 후문 밖으로 이동하여 버스를 타고 진주역으로 가야겠다. 10시 54분 무궁화 열차를 어제 숙소에서 이미 예매했거든. 바쁘다 바빠. 이걸 타면 11시 18분에 함안역에 도착 예정. 혹시 버스가 오지 않으면 택시를 탈까 했는데, 다행히도 금방 버스가 도착했다. 그렇게 버스를 타고 4개 정류장을 지나자 금세 진주역이다. 한 5~6분 걸렸나? 진주역 주변은 높다란 신식 아파트가 가득 서 있어 신도시처럼 세련되고 근사하

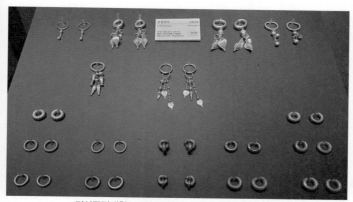

경상국립대학교 박물관에서 만날 수 있는 합천 옥전 고분 금 귀걸이. 세련된 박물관 건물에 세련된 전시방식이 가야 유물을 더욱 빛나게 해주고 있다. ⓒHwang Yoon

게 다가온다. 우와~ 천지개벽이 이런 것 같네. 진주역이 KTX를 위해 새로운 건물을 지어 이전한 2012년 시점만 하더라도 주변이 허허벌판이었는데. 하하.

자~ 이제부터 기차를 타고 한동안 달릴 예정이라. 새로운 주제를 꺼내볼까 한다. 다름 아닌《일본서기(日本書紀)》가 등장할 때가 온 듯해서 말이지. 가야 이야기를 위해 일본 측 역사기록을 어떻게 살펴보아야 할지 개인적으로 고민이 크거든. 음….

얼마 뒤 객차 2량의 무궁화호가 시간에 딱 맞추어 도착하였다. 순천에서 부산으로 가는 열차라 그런지 생각보다 많은 사람이 내리더니 타는 사람 역시 의외로 많았다. 안으로 들어서자 빈자리가 없을 정도로 사람으로 꽉 찼네. 기차는 곧 출발하였고, 넓은 들판과 아름다운 산을 옆에 둔 채 달리기 시작한다.

7. 함안 아라가야

일본서기

　같은 달, 물부이세련부근(物部伊勢連父根, 일본 사신)과 길사로(吉士老, 일본 사신) 등을 보내어 다사진(多沙津, 섬진강 하동군)을 백제 왕에게 주었다. 이에 가라왕이 칙사에게 "이 진은 관가(官家)를 둔 이래 신(臣)이 조공하는 나루였는데, 어찌 갑자기 이웃 나라에 줄 수 있습니까. 원래 분봉 받은 영토와 다릅니다."라 하였다. 칙사인 부근(父根, 앞서 등장한 물부이세련부근) 등은 이에 그 자리에서 주기가 어렵다고 여기고 큰 섬으로 돌아가서, 따로 하급 관인을 보내어 마침내 부여(扶余, 백제)에 주었다. 이로 말미암아 가라는 신라와 우호를 맺고 일본을 원망하였다.

　가라왕은 신라의 왕녀와 혼인하여 드디어 자식을 낳았다. 신라가 처음 왕녀를 보낼 때, 아울러 1백 명을 시종으로 보냈다. 이들을 받아들여 각 현에 나누어 배치하고 신라의 의관을 착용토록 하였다. 아리사등(阿利斯等, 탁순국 왕)은 그들이 옷을 바꾸어 입은 것에 분개하여 사자를 보내어 모두 모아 돌려

보냈다.

　이에 신라가 크게 부끄러워하고 다시 왕녀를 불러오고자 하여 "전에 그대의 청혼을 받아들여 내가 혼인을 허락하였으나, 이제 일이 이렇게 되었으니 왕녀를 돌려보내줄 것을 청한다"고 하였다. 가라의 기부리지가(己富利知伽, 대가야 이뇌왕)가 "짝을 지어 부부가 되었는데 어찌 다시 떨어질 수 있으며, 또한 자식이 있는데 어찌 버리고 갈 수 있겠는가"라고 대답하였다. 마침내 신라는 지나가는 길에 도가(刀伽), 고파(古跛), 포나모라(布那牟羅)의 세 성을 함락시켰으며, 또한 북쪽 변경의 다섯 성을 쳤다.

《일본서기(日本書紀)》 게이타이천황(繼體天皇) 23년(529) 3월

　무궁화 열차를 타고 함안으로 이동하며 위 기록을 살펴본다. 한반도 역사의 부족한 퍼즐을 채우는 과정에서《일본서기》기록을 어찌 바라봐야 할지 하나의 예시를 참고로 보려 하거든. 마침 해당 기록은 여행 흐름과 맞는 대가야 6세기 초반 이야기를 담고 있구나.

　우선

　같은 달, 물부이세련부근(物部伊勢連父根, 일본 사신)과 길사로(吉士老, 일본 사신) 등을 보내어 다

사진(多沙津, 섬진강 하동군)을 백제왕에게 주었다.

라는 첫 문장부터 살펴볼까?

　문장에 주어가 빠졌으나 이를 감안하여 해석하자면 "(일본의 게이타이 천황이) 사신을 보내 섬진강 하류에 위치한 지금의 하동군을 백제 왕, 즉 성왕에게 주었다"라는 내용이다. 다만 게이타이 천황은 살아 있는 동안 천황이라 불린 적이 없었다. 이 당시 일본 왕을 자국 내에서 오오키미(大王)라 하여 대왕이라는 칭호로 불렸거든. 천황이라는 명칭 자체가 7세기 후반부터 비로소 등장한 용어이기 때문.

　아~ 맞다. 이와 마찬가지로 일본이라는 국호 또한 7세기 후반에 들어와 등장한 용어란 사실. 본래 왜(倭)라 불렸으니까. 그렇다면 국외적으로는 천황, 일본 왕도 아닌 왜왕이라 불리던 시절의 이야기로군. 즉 《일본서기》 속 천황, 일본 등의 표현은 당시 사용한 용어가 아닌 7세기 후반 이후 어느 시점에 소급 적용된 것임을 알 수 있다.

　게다가 이 시기 백제 왕인 성왕(재위 523~554년)의 경우 국제적으로 큰 명성을 얻은 무령왕의 아들이자 가야, 신라, 일본을 백제 중심으로 연합하여 고구려와 대항하고 있었기에 외교적인 발언권이 상당하였다. 당연하게도 섬진강 유역을 왜왕으로부터 받아야 할 하등의 이유가 없었지. 본래 일본의 영토가 아닌데다 백제의 군사력과 외교력을 통해 대가야를 압박하면서 6세기 초반 들어와 실력으로 서서히 장악하고 있었거든.

다만 섬진강 여러 소국을 장악하는 과정에서 백제와 일본 간 면밀한 교류가 이어진 것은 사실이다, 예를 들면 백제가 유교교육을 담당하는 오경박사(五經博士)를 일본으로 파견하는 등 선진문물을 제공하자 반대급부로 일본은 백제가 섬진강 여러 소국을 장악할 때 수군 500명을 지원 보냈거든. 하지만 대가야 입장에서는 비록 500명이라는 적은 병력일지라도 일본이 공개적으로 백제를 지지하고 있는 모습처럼 다가올 수밖에 없었지. 백제 역시 이 부분을 노리며 일본의 병력지원을 요구했던 것이니까.

그러자 대가야는 일본으로 사신을 보내 진기한 보물을 주면서 백제가 아닌 대가야를 지지해달라고 종용했으나 일본은 이를 거부하였다. 솔직히 일개 보물보다 훨씬 중요한 것을 백제가 제공하고 있었으니 말이지. 이처럼 백제는 6세기 들어와 군사력뿐만 아니라 고차원적인 외교력까지 동원하여 대가야를 점차 고립시키고 있었다.

이렇듯 대가야의 영향력을 점차 배제시키는 상황은 백제가 그린 큰 그림에 일본이 일부 참여한 것임에도 불구하고, 《일본서기》에는 어째서 왜왕이 백제 왕에게 섬진강 유역을 하사한 것처럼 기록한 것일까?

《일본서기(日本書紀)》는 한반도에 통일신라가 자리 잡은 시점인 680년경부터 편찬이 시작되어 720년에 완성된 역사서다. 이를 위해 일본의 구전 기록과 더불어 중국 역사서 및 지금은 사라진 《백제기(百濟記)》, 《백제본기(百濟本記)》, 《백제신찬(百濟新撰)》 등 백제 역사서 3권이 중요한 자료로 응용되었다. 이 중 백제 역사서 3권은 한반도와 일본 교류에 대한 상세한 정보가 담긴 책이었기에 그 중요도가 더욱 남달랐지.

> 가을 8월에 일본국 사신이 이르렀는데, 오만하고 예의가 없었다. 왕이 그들을 접견하지 않았고, 이에 돌아갔다.
>
> 《삼국사기》 신라본기 경덕왕 12년(753) 8월

게다가 7세기 후반, 일본은 자국 왕을 기존의 대왕을 넘어서 천황이라 높여 부르고 국호 또한 나름 큰 뜻을 지닌 일본(日本)으로 바꾸면서 마치 중국과 중국 황제처럼 주변에 조공국을 거느리는 모습으로 포장하고 싶어졌다. 실제로도 이 문제로 동시대 한반도를 통합한 통일신라와 크게 대립하였는데, 일본과 신라가 서로 상대방을 자신보다 레벨이 낮은 국가로 설정하면서 사신을 통한 외교적인 설전이 벌어지기도 했거든. 위의 기록이 바로 그 예시 중 하나. 마치 상국에서 온 듯이 일본 사신이 예의 없이 행동하자 신라 경덕왕이 아예 접견조차 허락하지 않은 것이지.

이런 모습을 보아도 동시대 중국과 달리 일본은 주변 국가들로부터 패권국으로서 대우를 전혀 받지 못하고 있었다. 그럼에도 불구하고 일본과 자국 왕인 천황을 높이기 위해 과거 역사를 자신만의 기준에 맞추어 왜곡하는 방법으로 《일본서기》는 서술되었으니. "일본은 지금뿐만 아니라 저 옛날 왜라 불릴 때부터 주변에 조공국을 거느리고 있었다. 그 조공국들은 다름 아닌 가야, 고구려 백제, 신라 등이다."가 바로 그것.

이러한 기준을 바탕으로 《일본서기》를 편찬하면서 타국의 역사서, 특히 백제 역사서 내용 중 주어와 대상을 교묘하게 편집하여 일본에 의해 한반도 국가들이 제어되는 모습으로 문장을 통일시켰다. 덕분에 《일본서기》에는 가야, 백제, 신라, 더 나아가 고구려마저 일본의 조공국이자 제후국처럼 묘사되고 만 것이다. 이를 위해 《일본서기》에서는 만일 한반도 국가에서 사신을 파견하면 거의 무조건 일본으로 조공을 보낸 것이며, 반대로 일본에서 한반도 국가로 사신을 파견하면 천황의 명령을 전달한 것처럼 표현하였지.

이에 가라왕이 칙사에게 "이 진은 관가(官家)를 둔 이래 신(臣)이 조공하는 나루였는데, 어찌 갑자기 이웃 나라에 줄 수 있습니까. 원래 분봉 받은 영토와 다릅니다."라고 하였다. 칙사인 부근(父根, 앞서 등장한 물부이세련부근) 등은 이에 그 자리에서 주기가 어렵다고 여기고 큰 섬으로 돌아가서, 따로 하급 관인을 보내어 마침내 부여(扶余, 백제)에 주었다.

다음으로 보는 문장 역시 마찬가지. 가라왕, 즉 대가야 왕이 섬진강 하류에 위치한 경상남도 하동군은 본래 가야가 일본으로 조공을 할 때 사용하던 나루터인데, 어찌 백제에게 주느냐며 일본 사신에게 따지고 있다. 하지만 이 역시 가야를 일본 조공국처럼 포장하다 보니 등장한 문장이다. 실제로는 대가야 측에서 섬진강 유역을 둔 두 국가의 대립 중 백제를 지지한 일본에 대해 크게 비난하는 장면이었을 것이다.

결국 《일본서기》 게이타이천황 23년(529) 3월의 기록을 복원해보면, 백제가 대가야를 견제하며 섬진

강 하류 유역인 하동군까지 장악하니→ 한반도로부
터 문물을 도입하는 것이 중요한 일본에서 현 상황
을 파악하고자 백제 및 대가야로 사신을 보냈고→
대가야가 크게 반발하는 모습을 확인한 상태에서 백
제가 일본 사신에게 이제 우리가 섬진강 유역을 거
의 다 장악했으니 대가야를 대신해 백제와 더 깊은
교류를 이어가자고 권유하자→ 일본 사신은 백제와
더불어 그동안 교류를 이어가던 대가야의 눈치가 보
여 당장의 결정은 유보하고 일본으로 돌아갔으나→
이후 결론을 내고 사신을 따로 백제에 파견해 백제
의 의견을 따르겠다며 알린 과정이었을 것이다.

한편 일본과 백제, 대가야와의 외교 대립 다음으
로 등장하는 《일본서기》 기록은 큰 변질 없이 과거
정보를 그대로 적어둔 듯. 아무래도 일본과 큰 관련
이 없는 대가야와 신라 간 외교 분쟁이었기에 굳이
내용을 일본 입맛에 맞게 편집할 필요가 없었을 테
니까. 예를 들어

가라왕은 신라의 왕녀와 혼인하여 드디어 자식
을 낳았다. 신라가 처음 왕녀를 보낼 때, 아울러 1백
명을 시종으로 보냈다. 이들을 받아들여 각 현에 나
누어 배치하고 신라의 의관을 착용토록 하였다. 아
리사등(阿利斯等, 탁순국 왕)은 그들이 옷을 바꾸어

입은 것에 분개하여 사자를 보내어 모두 모아 돌려보냈다.

　이에 신라가 크게 부끄러워하고 다시 왕녀를 불러오고자 하여 "전에 그대의 청혼을 받아들여 내가 혼인을 허락하였으나, 이제 일이 이렇게 되었으니 왕녀를 돌려보내줄 것을 청한다."고 하였다. 가라의 기부리지가(己富利知伽, 대가야 이뇌왕)가 "짝을 지어 부부가 되었는데 어찌 다시 떨어질 수 있으며, 또한 자식이 있는데 어찌 버리고 갈 수 있겠는가."라고 대답하였다. 마침내 신라는 지나가는 길에 도가(刀伽), 고파(古跛), 포나모라(布那牟羅)의 세 성을 함락시켰으며, 또한 북쪽 변경의 다섯 성을 쳤다.

라는 부분이 바로 그것이다.

대가야 왕이 신라 왕족과 결혼한 것은 앞서 보았듯《삼국사기》신라 본기 522년 기록 및 최치원이 남긴《석순응전(釋順應傳)》등에서도 찾을 수 있는 분명한 역사적인 사실이다. 그러나

　추문촌(鄒文村) 당주(幢主) 사훼부 도설지(道設智) 급간지(及干支)

단양 신라적성비 550년 경

단양 신라적성비. ©Park Jongmoo

    라는 단양 신라적성비 기록을 통해 대가야 왕과
신라 왕족 사이에 태어난 왕자 도설지가 어찌된 영
문인지 550년 경 신라 장수로 활약하고 있건만, 그
사이 무슨 일이 생겨 가야 왕자가 신라 장수가 되었
는지는 알 수 없었지.

    그런데 위의 《일본서기》 529년 기록 덕분에 사건
의 전말을 대략 파악할 수 있구나. 대가야 왕이 신라
왕족과 결혼하자 대가야를 따르던 창원의 탁순국 왕
이 크게 반발했던 것이다. 창원이 신라의 경주와 가
까운 지역인지라 그동안 신라의 압박을 계속 받아

온 상황이었는데, 오히려 대가야 왕이 신라와 적극적인 교류를 꾀하니, 탁순군 왕 입장에서 나름 화가 났던 모양. 가야 연맹을 이끄는 대가야가 연맹국의 입장은 고려하지 않는다며 말이지.

이에 자존심에 상처를 받은 신라 측에서 왕녀를 신라로 도로 돌려보내라며 분노를 표했고, 대가야 왕이 우물쭈물하자 신라는 대가야 영역의 성을 함락하며 압박을 보였다. 이렇게 양국 간 상황이 크게 악화되면서 할 수 없이 신라 왕녀와 그녀의 아들인 도설지는 신라로 건너갔으며, 덕분에 도설지는 550년경 신라 장수로 활동하게 된 것이다. 그렇게 대가야와 신라의 결혼 동맹은 오래 가지 못하고 깨지고 말았음을 알 수 있다. 대가야 입장에서는 외교적으로 더욱 난처한 상황에 빠져들게 된 거지.

위 기록을 예시로 살펴보듯 《일본서기》에는 한반도 역사의 퍼즐을 맞출 수 있는 내용이 분명 존재하고 있다. 이에 국내 학계에서도 왜곡된 문장은 최대한 걸러내고, 단순한 정보 나열은 한국, 중국 역사서 등과 비교하여 신뢰도가 보장되면 응용하는 방식으로 《일본서기》의 내용을 조심스럽게 받아들이는 중. 무엇보다 교차검증을 통해 5세기 중반 이후의 《일본서기》가 지닌 한반도 정보는 왜곡된 문장과 과장된 표현을 조절한다면 어느 정도의 신뢰도를 지닌 것으로 판단하고 있다. 반면 5세기 중반 이전의《일본서기》는 구라를 넘어 아예 시간 설정조차 터무니없이 맞지 않는 오류가 가득해서. 음.

지금까지《일본서기》기록이 지닌 문제점과 그럼에도 불구하고 한국사 퍼즐을 맞추기 위한 정보가 있음을 살펴보았다. 이 부분을 갑작스럽게 강조하는 이유는 지금 여행가는 함안은 과거 아라가야가 존재한 장소이나《삼국사기》,《삼국유사》, 중국 역사 기록 등에서는 간간히 국가 이름 정도만 등장하는 반면 그나마《일본서기》에는 꽤 상세한 이야기가 등장하기 때문. 이에 앞으로의 여행 중《일본서기》이야기가 더 나올 수밖에 없는 상황이거든.

오! 이제 함안역 도착인가보네. 기차에서 내려야지. 룰루랄라. 자세한 이야기는 함안에서 이어가야겠다.

함안역에서 함안박물관으로

　함안역에서 내렸다. 역은 현대식으로 지어진 꽤 세련되고 큰 규모나 그에 비해 이용객은 많지 않나보다. 이번에 나와 함께 내린 탑승객이 겨우 3명이었거든. 그러니까 총 4명이 이곳에 내렸다. 오호라. 수많은 여행 중 이런 경험은 또 처음이네. 게다가 과거 진주역이 처음 만들어졌을 때보다 주변이 더 허허벌판이다. 밖으로 나오자 인공 구조물이 거의 안 보이는 참으로 시원한 뷰가 등장한다. 때마침 바람마저 시원하게 부는걸.

　지금 시간이 오전 11시 22분이고 이곳으로 버스가 언제 올지 몰라 잠시 걱정하고 있는데, 웬걸 택시 하나가 딱 맞춰 역 앞으로 도착하더니, 손님을 내려주는 것이 아닌가. 방금 기차에서 함께 내린 탑승객 중 한 명과 인사하는 것을 보니 아는 사람인 듯싶다. 그리곤 두 사람은 대화를 하며 어디론가 걸어갔다. 오호, 참으로 운이 좋군. 택시를 타고 기사님께 "함안박물관이요."라고 하자 박물관으로 달리는 택시. 기사님께 물어보니 약 10여 분 뒤 도착한다고 함.

함안박물관. 아라가야 토기를 상징화한 조형물이 인상적이다.
ⓒPark jongmoo

　　그럼 이동하면서 함안군과 함안박물관에 대해 간
단히 소개해볼까?

　　함안군은 과거 아라가야가 위치했던 장소로 현재
인구 6만여 명이 살고 있다. 과거에는 인구 12만 명
에 다다른 적도 있으나 한때의 영광으로 추억하는
중. 함안군 서쪽으로는 인구 34만 명의 진주, 동쪽으
로는 인구 100만 명의 창원이 위치하는데, 사실상 창
원 영향권에 속해 있는 듯하다. 함안버스터미널을
가보면 진주로 가는 버스는 하루 몇 대 없건만, 2010
년 창원시로 통합된 마산으로 가는 버스는 수시로

있거든. 게다가 함안버스터미널 건물에는 흥미롭게도 병원, 약국이 많이 있어 나름 상권의 중심 건물로 운영 중인 것 같군. 바로 근처에는 가야시장 및 먹거리가 가득한 거리가 있고 말이지.

이렇듯 내가 함안군에 대한 정보가 조금 있는 이유는 과거 이곳에서 2주간 2차례에 걸친 강연 요청이 있어 방문한 적이 있었거든. 이때 교통이 조금 좋지 않아 힘들다는 이야기를 하자 불과 2시간 강연을 위해 아예 숙소까지 준비하여 숙박할 수 있게 도와주어 강렬한 기억으로 남았지. 덕분에 5일장도 구경하고 함안군 작은 영화관에서 영화까지 보는 등 정말 여유 있게 즐긴 기억이 난다. 아, 맞다. 함안군 작은 영화관은 인구가 적은 지역에서도 문화생활을 즐길 수 있도록 도입된 영화관으로 표값이 여타 도시 극장에 비해 절반 정도로 저렴하다는 사실. 마침 숙소 바로 옆에 영화관이 있어서 방문하는 동안 보고 싶은 영화를 다 보았었거든.

추억을 곱씹다보니 택시는 어느새 함안박물관에 도착하였다. 그래, 이번에는 함안박물관 소개를 할 차례로군.

함안박물관은 함안에 존재하는 말이산 고분군의 유물을 전시하는 공간이다. 위치도 말이산 고분군 바로 옆이다. 말이산 고분군은 과거 아라가야 지배

층이 묻힌 장소로서 일제강점기 시절부터 발굴조사
가 벌어졌다. 물론 당시 분위기답게 도굴 역시 수시
로 벌어졌었다고 한다. 뒤늦게라도 발굴 조사한 내
용을 보호하며 전시하기 위해 2003년에 박물관이 건
립되었고, 이는 앞서 방문한 고령 대가야박물관, 합
천의 합천박물관과 유사한 의도라 하겠다. 즉 당연
하겠지만 박물관과 고분을 함께 둘러보면 즐거운 여
행 방법이 되지 않을까?

아, 그리고 함안박물관 내부에는 말이산 고분전
시관이라 하여 고분 내부를 재현하여 보여주는 전시
관이 있으니, 이곳도 필수 방문 코스~

아라가야와 거대한 건물터

앞서 살펴본 양직공도에는 6세기 초반 백제가 중국에 알려준 4개의 가야 국가가 있다. 1. 반파(叛波), 2. 탁(卓), 3. 다라(多羅), 4. 전라(前羅)가 그것. 이 중 '반파 = 대가야, 탁 = 탁순국, 다라 = 다라국' 으로 이번 여행에서 한 번 이상 언급한 국가로군. 대가야는 고령을 방문하여 직접 만나보았고, 탁순국은《일본서기》기록 속 신라와 대립하는 모습으로 등장하였으며 다라국은 합천을 방문하여 직접 만나보았으니까.

이제 함안에 온 만큼 '전라(前羅) = 아라가야' 를 살펴볼 차례다. '前 = 앞' 이라는 뜻을 지닌 만큼 아무래도 아라가야를 '앞라' 라 표기하고 싶었던 모양. 한글이 없었던 시기였던 만큼 문자 표기를 위해 나름 유사한 발음과 의미를 지닌 한자로 대응시키다보니 나온 결과물이라 하겠다. 어쨌든 백제 입장에서는 아라가야를 가야 연맹에 속한 여러 국가 중에서 꽤 발언권이 크다고 인식하였기에 4개의 주요 가야 중 하나로 등장시킨 것이겠지.

그러나 아쉽게도 《삼국사기》, 《삼국유사》 등 한반
도에 남아 있는 기록만으로는 6세기 시점 아라가야
가 구체적으로 어떤 활동을 했는지 거의 알 수 없는
상황이다. 한마디로 별다른 기록이 남아 있지 않거
든. 반면 《일본서기》에는 아라가야가 구체적인 사건
덕분에 수차례 언급되는데, 이 중 안라회의가 유명
하다. 참고로 안라회의(安羅會議)는 학계에서 부르
는 용어로서 안라(安羅), 즉 아라가야에서 개최된 국
제회의라는 의미.

이 달 근강모야신(近江毛野臣, 일본 사신)을 안
라(安羅, 아라가야)에 사신으로 보내어 명령을 내려
신라에게 남가라(南加羅, 김해의 금관가야)와 탁기
탄(喙己呑, 밀양에 있던 가야 소국)을 다시 세우도
록 권하였다.

백제는 장군 군윤귀(君尹貴)와 마나갑배(麻那甲
背), 마로(麻鹵) 등을 보내어 안라(安羅)에 가서 조
칙을 받게 했다. 신라는 번국의 관가(官家)를 없앤
것이 두려워서 대인(大人)을 보내지 않고 부지내마
례(夫智奈麻禮), 해내마례(奚奈麻禮) 등을 보내어
안라(安羅)에 가서 조칙을 듣게 했다.

이에 안라(安羅)는 새로이 높은 당(堂)을 세워서
칙사(勅使)를 오르게 하고 국주(國主, 아라가야 왕)

529년 아라가야에서 개최된 국제회의인 안라회의가 벌어진 장소 추정 모형. 함안박물관. ©Park Jongmoo

는 그 뒤를 따라 계단을 올라갔다. 국내의 대인(大人)으로서 당(堂)에 올랐던 사람은 한, 둘 정도였다. 백제의 사신 장군 군(君) 등은 당(堂) 아래에 있었는데 몇 달간 여러 번 당 위에 오르고자 하였다. 장군 군(君) 등은 뜰에 있는 것을 한스럽게 여겼다.

《일본서기》 게이타이천황 23년(529) 3월

해당 기록이 바로 그것으로 아라가야에서 당(堂), 즉 높은 권위를 지닌 건물을 일부러 세워 백제, 신라, 일본 사신을 맞이했다는 내용이다. 당연하게도 이

기록 역시 일본 위주로 문장이 크게 왜곡되어 있는 만큼 재해석이 필요하지만 그 전에 우선 함안박물관에 전시 중인 초대형 건물 모형을 살펴보기로 하자.

오호라, 모형이 여기 있네. 나무 기둥 34개가 타원형을 그리며 촘촘하게 세워진 데다 지붕에는 초가를 덮은 건물로서 여기서 만날 수 있는 작은 모형과 달리 실제로는 길이 40m, 폭 15m, 내부 면적 150평에 이른다. 2002년 경상국립대학교에서 발굴 조사하다가 발견한 유적으로 이후 국립가야문화재연구소에서 배턴을 넘겨받아 조사한 결과는 다음과 같다. 출토 유물과 탄소연대측정으로 보아 1600여 년 전, 그러니까 아라가야 시절 만들어진 건물이었던 것. 유적지는 이곳에서 그리 멀지 않은 북쪽으로 1.4㎞ 떨어진 함안 충의공원에 위치하고 있다. 카카오맵이나 네이버맵을 이용하여 스카이뷰로 보면 건물터가 꽤 잘 보이니, 직접 가지 않더라도 이런 방식으로 확인하는 방법이 있지.

사실 처음 유적이 발견될 때만 해도 조사단은 이곳에 거대한 나무 기둥 흔적이 촘촘히 남아 있는 이유를 알지 못했다고 한다. 그러다 전체적으로 조사한 결과 거대 건물의 유적으로 드러나면서 529년 개최된 안라회의가 다름 아닌 이곳에 벌어진 것으로 추정 중. 당시 건축 기술로 볼 때 상당히 공을 들여 만든 형태인 데다 면적 역시 많은 사람이 들어갈 수 있을 정도로 상당했기 때문. 그만큼 아라가야에서 국제회의를 개최하기 위해 남다른 노력을 보였음을 알 수 있구나. 아~ 물론 기와가 아닌 초가 건물이라는 한계가 있지만 당시만 하더라도 한반도 내 기와 건물이 무척 드물었던 시절이니까.

그렇다면 아라가야는 왜 국제회의를 개최했던 것일까?

안라회의

6세기 초반 대가야는 백제의 압박으로 인해 중국, 일본 교류가 차례로 막히고 자구책으로 여긴 신라와의 결혼 동맹마저 실패로 돌아가면서 가야 연맹 내 발언권이 예전 같지 않았다. 외교고립이 이어지는 위기 상황이었던 것.

이 기회를 틈타 그동안 가야 연맹 내 2인자로 군림하던 아라가야는 연맹의 주도권을 자신들이 가져오고자 국제회의를 개최하였다. 대가야가 실패하던 외교 분야를 자신들이 성공적으로 보여주겠다는 야심찬 의도였지. 마침 아라가야는 남해와 가까운 지역을 영향력으로 두고 있어 일본과의 직접 교류가 가능했기에 자국이 개최하는 국제회의에 일본 사신까지 적극적으로 불러온다. 즉 백제, 신라뿐만 아니라 일본까지 아라가야로 동시에 부르는 등 나름 큰 그림을 구상한 것.

한편 일본은 백제의 섬진강 유역 장악을 지지하는 바람에 대가야와 적대관계가 된 데다 신라로부터 견제를 받는 등 다른 한반도 국가와의 관계가 크게 악화되고 말았다. 문제는 그동안 국가 발전을 위해 백제뿐만 아니라 가야, 신라 등으로부터도 다양한 물건을 지원받고 있었으며, 일본 내에 가야, 신라에서 이주한 사람들도 무척 많았거든. 그런 만큼 국내외적으로 눈치가 보였겠지. 그래서일까? 아라가야가 불러준 이번 기회를 백제 중심으로 편향된 외교정책에서 벗어날 좋은 기회라 여긴 듯하다. 이를 위해 남다른 위세를 자랑하며 일본 사신은 병력까지 일부 거느리고 아라가야로 왔다. 아무래도 백제, 신라의 압박 속에 아라가야 측에서 일본의 병력지원을 요청했던 모양.

반면 백제는 대가야를 어느 정도 제압해둔 상황에서 뜬금없이 아라가야가 일본 사신까지 불러오며 국제회의를 개최하는 등 예상치 못한 변수가 생기니, 자신들이 세운 계획에 문제가 생길까 조바심이 생겼다. 이에 발언권이 상당한 고위직 장군 3명을 이번 회의에 파견하는 등 큰 관심을 보인다. 외교적으로 가야 연맹과 일본을 함께 달래보려는 의도였다.

마지막으로 신라의 경우 대가야와 결혼 동맹이 깨진 후 이번 기회에 군사력으로 과감하게 낙동강 유역의 가야 소국을 병합하던 중이었다. 그런데 아라가야가 신라의 가야 소국 병탄을 비난하며 국제회의를 개최하자 일부로 무시하듯 중간 실무직 관료 2명을 보냈다. 이는 곧 백제와 달리 회의의 내용만 대략 파악해보겠다는 의도였다.

여기까지 각 국가의 상황을 살펴보았으니, 다시
한 번《일본서기》내용을 살펴볼까?

　　이 달 근강모야신(近江毛野臣, 일본 사신)을 안
　　라(安羅, 아라가야)에 사신으로 보내어 명령을 내려
　　신라에게 남가야(南加羅, 김해의 금관가야)와 탁기
　　탄을 다시 세우도록 권하였다."

우선 이 부분부터 살펴보면 역시나《일본서기》답
게 한반도로 사신을 보내면서 마치 천황의 명령을
전달한 것처럼 표현하였다. 하지만 문장 왜곡을 제
거하고 살펴보면,

신라가 김해와 밀양 등지의 가야 소국을 압박하
며 병합하려 하자 → 가까운 위치인 함안에 자리 잡
은 아라가야가 큰 위기감을 느끼며 국제회의를 개최
하면서 → 일본에 사신을 요청하니 → 이에 근강모
야신(近江毛野臣)이라는 일본 측 사신이 아라가야에
도착하여 → 신라의 가야 연맹 병탄을 비난하는 회
의에 참가했음을 알 수 있다.

　　백제는 장군 군윤귀(君尹貴)와 마나갑배(麻那甲
　　背), 마로(麻鹵) 등을 보내어 안라(安羅)에 가서 조칙을 받게 했다. 신라는 번국의 관가(官家)를 없앤 것이 두려워서 대인(大人)을 보내지 않고 부지내마례(夫智奈麻禮), 해내마례(奚奈麻禮) 등을 보내어 안라(安羅)에 가서 조칙을 듣게 했다."

이번 문장에서는 천황의 조칙(詔勅), 즉 황제 급 위상을 지닌 권력자가 신하에게 내린 명령이라는 표현 및 번국, 즉 일본의 조공국이라는 과장을 들어내고 살펴보면 된다. 그렇게 보면 백제가 고위직 장군 3명, 신라는 중간 실무진 2명을 아라가야에 보냈다는 내용만 남게 되지. 이로써 아라가야에 백제, 신라, 일본 사신이 다 모인 것이다.

이에 안라(安羅)는 새로이 높은 당(堂)을 세워서 칙사(勅使)를 오르게 하고 국주(國主, 아라가야 왕)는 그 뒤를 따라 계단을 올라갔다. 국내의 대인(大人)으로서 당(堂)에 올랐던 사람은 한둘 정도였다. 백제의 사신 장군 군(君) 등은 당(堂) 아래에 있었는데 몇 달간 여러 번 당 위에 오르고자 하였다. 장군 군(君) 등은 뜰에 있는 것을 한스럽게 여겼다.

여기서는 일본 사신 = 칙사(勅使), 즉 황제 급 위상을 지닌 국가에서 파견한 사신이라는 표현을 제거하고 살펴보자. 흥미롭게도 아라가야는 높은 위계를 지닌 건물을 짓고 몇 달에 걸쳐 국제회의를 펼치면서 일본 사신은 우대하되 백제를 의도적으로 무시하는 행동을 보인 모양. 이는 회의가 개최되는 건물에 일본 사신을 크게 대우하여 입장시킨 반면 백제 사신을 일부러 들어오지 못하게 하는 모습으로 알 수 있지. 그러자 백제 사신은 수차례 건물로 들어가 자신들의 의견을 적극적으로 보이고자 했으나 그러지 못하여 크게 당황하게 된다.

이렇듯 백제와 신라 사신 앞에서 보란 듯이 일본과 친밀한 모습을 보여주며 국제적인 위상을 올리려는 아라가야의 계획은 안타깝게도 그다지 성공적으로 계속 이어지지 못했다.

아리사등(阿利斯等, 탁순국 왕)은 모야신(毛野臣, 일본 사신)의 행적을 다 알아서 배반하려는 마음이 생겼으므로 구례사기모(久禮斯己母)를 보내어 신라에 가서 청병하고 노수구리(奴須久利)를 백제에 보내어 청병했다.

모야신(毛野臣)이 백제 군사가 온다는 것을 듣고 배평(背評, 지금의 진해시 웅천)에서 맞아 토벌했는데 부상하거나 죽은 자가 반이었다. 백제는 노수구리(奴須久利)를 붙잡아 형틀을 채우고 쇠사슬로 묶

어놓고 신라와 함께 성을 에워쌌다. 아리사등(阿利斯等)을 책망하며 꾸짖기를 "모야신(毛野臣)을 내줄 수 있겠는가"라 하였다. 모야신(毛野臣)은 성에 의지하여 스스로 굳게 지켰으므로 사로잡을 수 없었다. 이에 두 나라는 편리한 곳을 찾아 한 달을 머물다가 성을 쌓고 돌아갔는데 구례모라성(久禮牟羅城, 지금의 경상남도 함안군 칠원읍)이라 한다.

《일본서기》 게이타이천황 24년(530) 9월

이번 기록에 등장하는 모야신(毛野臣)은 근강모야신(近江毛野臣)의 줄인 표현이다. 그렇다. 아라가야 국제회의에 참가한 일본 사신 바로 그 인물이지. 헌데 모야신은 아라가야에서 회의가 끝난 직후 일본에서 함께 온 병력과 함께 창원의 탁순국 근처인 웅천에 머물고 있었나보다. 아라가야의 국제회의가 일단 마무리되자 바로 옆 탁순국에서도 효과가 있다고 여겨 비슷한 방식으로 백제, 신라, 일본 사신을 불러와 국제회의를 열고자 했거든. 이에 자신의 몸값이 올라갔다고 여긴 모야신은 웅천으로 가서 백제, 신라 사신을 한참동안 기다렸다.

문제는 아라가야가 개최한 국제회의에서 별 다른 소득을 얻지 못했다고 생각하였기에 이번에는 백제, 신라 모두 시큰둥하며 큰 반응을 보이지 않았다는 점. 그러자 홀로 기다리던 모야신은 위신이 깎였다고 생각했는지 일본에서 데리고 온 병력을 믿고 웅천에서 함부로 행동하기 시작하였다. 그렇게 모야신의 행동을 참다 참다 폭발한 탁순국 왕은 이번에는 백제, 신라에 사신을 보내어 모야신을 쫓아내달라고 요청하기에 이른다.

바로 그 상황 다음 장면이 위의 기록이다. 구체적으로 살펴보자면 백제는 이번 요청을 좋은 기회라 여겼다. 이에 탁순국으로 군대를 파병하여 모야신이 끌고 온 일본 병력을 단번에 박살내버렸다. 그리고 얼마 뒤 신라 병력까지 합세하자 모야신은 성에 숨어 포위된 채 어쩔 줄 모르는 상황에 처하고 말았지. 그렇다. 결국 백제, 신라 모두 외교적인 분쟁이 커질까봐 짐짓 봐준 것일 뿐 마음만 먹으면 여러 가야 소국, 그리고 한반도에 파병된 일본 병력 정도야 간단히 분쇄시킬 만한 실력을 가지고 있었던 것.

다만 두 국가 모두 굳이 모야신까지 제거하지는 않는데, 《일본서기》에는 모야신이 성에 의지하여 스스로 굳게 지켰으므로 사로잡을 수 없었다고 표현하나, 실제로는 백제, 신라 모두 일본과 극한 대립까지 가고 싶지 않아 그 정도 선에서 끝낸 것이 아닐까 싶다. 즉 사신은 살려두되 그가 데리고 온 병력은 과감히 분쇄시켜 가야 지역에 대한 더 이상의 적극적인 개입을 일본 측에 경고한 것이다.

게다가 백제는 병력을 되돌리면서 함안 동쪽에다 구레모라성까지 세워 아라가야와 탁순국을 동시에 군사적으로 압박하는 모양을 취했다. 더 이상은 국제회의 같은 뜬금없는 행동을 보이지 말라는 경고였지. 이러한 가야 모습을 보아하니, 조선 말 고종 시절에 자국 문제 해결을 주변국에 의존하며 병력지원을 요청하다 청일전쟁, 러일전쟁 등이 한반도에서 벌어진 것과 유사하게 다가오는 걸. 이는 곧 나라에 군사, 경제력 같은 기본 실력이 바탕이 되지 않은 상황에서 단순히 외교력과 외국군대 의존만으로는 결코 성공한 국가운영을 보이기 힘듦을 알려준다.

그렇다면 모야신은 이후 어떻게 되었을까?

이 해 모야신(毛野臣)은 소환당하여 대마(對馬)에 이르렀는데 병에 걸려 죽었다.

《일본서기》 게이타이천황 23년(530)

처절한 실패를 맛본 후 일본으로 소환되어 돌아가던 중 대마도에서 쓸쓸하게 죽고 말았구나. 이처럼 안라회의는 실패로 귀결되었으나 아라가야는 외교를 통한 해결책을 여전히 포기할 수 없었다.

금동관과 상형 토기

　함안박물관을 구경하다보면 흥미로운 점이 있다. 다른 가야 지역 박물관처럼 토기와 철기 등의 가야 계 유물은 이곳 역시 많이 전시되어 있으나 유독 금, 은 세공품이 많이 보이지 않는걸. 아무리 일제강점 기 시절 도굴을 많이 당했다는 것을 감안하더라도 금 귀걸이마저 단순한 둥근 형태로 그마저 몇 개밖 에 안 보여 의문스럽게 다가오네. 어제 방문한 고령 의 대가야나 합천의 다라국 고분 역시 그동안 도굴 피해를 그리 당했음에도 화려한 디자인의 금 귀걸이 를 포함한 금, 은 세공품이 꽤 많이 출토된 것과 비교 되는 부분이라 하겠다.

　물론 금, 은 세공품이 아예 없는 것은 아니다. 함 안 말이산 고분군에서 출토된 화살통이나 말띠꾸미 개, 고리자루 큰 칼 등에 금, 은을 활용한 장식이 일 부 보이기는 하니까. 그럼에도 불구하고 당시 고위 층 신분을 상징하는 금, 은 세공품이 드물어 한편으 로 아쉬움을 준다. 마침 5세기로 들어오면서 한반도 남부에는 백제와 신라를 필두로 대가야까지 각자의 신분에 맞춘 다양한 금, 은 세공품이 엄청난 인기를 끌며 제작되던 시기였거든. 이는 곧 고대국가 시절에 신분을 구분해주는 물건으로서 금, 은 세공품의 역할이 상당했다는 의미.

그러던 어느 날 5세기 초반에 조성된 함안 말이산 45호분에서 그동안의 아쉬움을 채워줄 만한 놀라운 유물이 등장하였다. 해당 고분은 2019년 발굴조사가 이루어졌는데, 이때 발견한 금동 조각을 2021년 들어와 이어 붙여 복원하다보니, 웬걸? 새 두 마리가 머리를 마주보는 형태의 금동관이었던 것. 마침 이곳 함안박물관에서 전시 중이니 한 번 봐야겠군. 예전에 이곳을 방문했을 때는 금동관이 아직 발견되지 않았기에 당연하게도 전시하지 않았었거든. 오호라! 직접 보니, 작은 새 머리가 무척 귀엽게 다가오네. 박물관 마스코트로 삼아도 되겠다.

이를 통해 아라가야에서 한때 독자적인 형태의 금동관을 사용했음을 알 수 있구나. 아무래도 그 모습이 백제, 신라, 대가야와는 확연히 다른 형식의 디자인이니까. 즉 금동관을 이용하여 권위를 높이는 문화가 아라가야에 최소한 5세기 초부터 등장했던 것.

게다가 함안 말이산 45호분에서는 철기로 만들어진 무기류 및 마구류뿐만 아니라 토기 역시 크고 작

함안 말이산 45호분 출토 금동관. ©Park Jongmoo

은 형태로 출토되었다. 이 중 상형 토기, 즉 물체의
형상을 본떠 제작한 토기가 5점이나 등장하여 주목
받았는데, 5점 모두 2022년 보물로 지정될 정도로 미
감에 있어 높은 평가를 받았다. 집 모양 토기 2점, 사
슴 모양 뿔잔 1점, 배 모양 토기 1점, 등잔 모양 토기
1점 등이 그것.

　이 중 집 모양 토기의 경우 나무 기둥 위에다 건물
을 올린 디자인으로 이런 건물은 지면의 습기와 벌
레, 짐승의 피해로부터 어느 정도 보호할 수 있었지.
소위 한자식 표기로 고상식(高床式)이라 부르기도

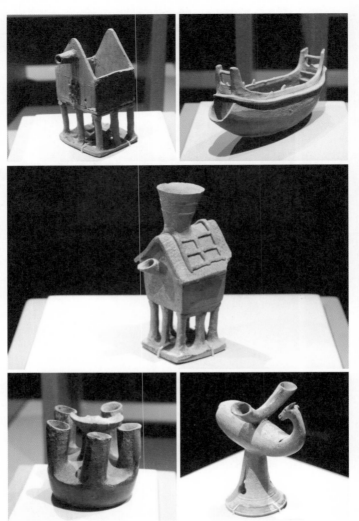

보물로 지정된 함안 말이산 45호분 출토 상형토기 5점. ©Park Jongmoo

김해에 복원된 고상가옥. ⓒHwang Yoon

하는데, '床 = 마루'를 뜻하므로 마루를 높게 설정한
건물을 의미한다. 이와 같은 집 모양 토기와 더불어
집터 유적지 구조를 연구하여 김해 등지에는 고상가
옥을 일부 복원하기도 하였으니, 이것이 당대 가야
인의 집이라 하겠다.

　같은 형태의 건축이 발전되어 지붕을 기와로 만
드는 등 규모가 커진 형태로는 일본 나라시에 위치
한 쇼소인이 유명하다. 쇼소인(正倉院)은 일본의 왕
실 유물창고로서 백제, 신라 등에서 보내준 물건이
지금까지도 보관되어 있어 한국 학계에서 남다른 관
심을 보이는 장소지. 무엇보다 1년에 한 번씩 나라국
립박물관에서 쇼소인 소장품을 바탕으로 기획전시
를 개최하는데, 매년 관람객으로 크게 붐비는 등 엄
청난 인기를 누리고 있는 중. 물론 나 역시 궁금하여

몇 차례 방문한 경험이 있는데, 창고에 보관된 유물이 오랜 세월이 지난 지금까지도 보존이 잘 되어 있어 크게 놀랐던 기억이 난다.

이처럼 쇼소인 또한 고상식 건축물로 제작되어 여러 보물을 보관하는 창고로 사용하였으니, 이는 과거 아라가야도 마찬가지가 아니었을까? 즉 집 모양 토기는 아라가야의 창고 건물을 형상화했을 가능성이 높다 하겠다. 그런 만큼 죽은 이에게 생전의 부(富)를 죽어서도 이어가기를 바라며 넣은 부장품이었던 것.

한편 금동관, 상형 토기 등이 함께 묻힌 함안 말이산 45호분에 대해 학계는 말이산에 등장한 나름 첫 왕릉급 고분으로 추정하더군. 5세기 초반에 조성된 만큼 무덤 구조는 나무덧널로서 나무로 틀을 짜 큰 방처럼 만든 후 그 안에 무덤 주인의 시신과 여러 부장품을 넣는 방식이다. 이는 어제 고령의 지산동 고분에서도 5세기 초반 조성된 최초의 왕릉인 73호분이 나무덧널로 조성된 것과 유사하지. 그러다 시간이 조금 더 지나 나무덧널무덤에서 돌덧널무덤으로 무덤 구조가 바뀌는데, 이 역시 고령의 지산동 고분군과 함안 말이산 고분군의 공통점이라 하겠다.

그럼 이번에는 아라가야의 돌덧널무덤을 보러 가볼까?

목가구식 돌덧널무덤

함안박물관 내 말이산고분전시관에 들어서자 돌덧널무덤의 일종인 말이산 고분군 4호분 내부가 재현되어 있다. 봉분 전체 크기는 지름 39.4m, 높이 9.7m로 말이산 고분 중 나름 가장 큰 규모라 하더군. 해당 고분은 일제강점기 시절인 1917년 경성제국대학교수였던 이마니시 류(今西龍)에 의해 발굴조사가 이루어졌으며 그 과정에서 수레바퀴 모양 토기, 오리 모양 토기, 사슴뿔장식 철검 등 284점의 유물이 출토되었다.

얼핏 이러한 모습은 고령의 지산동 고분군 중 가

말이산 고분군 4호분 출토 수레바퀴 모양 토기, 함안박물관.

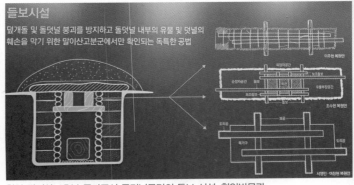

함안 말이산 4호분 목가구식 돌덧널무덤의 들보 시설. 함안박물관.

장 큰 금림왕릉으로 불리던 지름 49m의 지산동 47호
분을 일본인 학자가 조사한 모습과 유사해 보이는
걸. 즉 일제강점기 시절 일본 학자에 의해 그 지역에
서 가장 큰 고분이 발굴되는 상황이 말이지. 아무래
도 가장 큰 고분에서 더 많은 유물이 등장할 거라 생
각했나보다. 다만 조사 내용이 거의 남아 있지 않은
지산동 47호분과 달리 그나마 다행히도 말이산 4호
분은 당시 조사 내용과 결과물이 어느 정도 상세히
남아 있다고 한다. 덕분에 전국에 흩어져 소장 중인
말이산 4호분 유물을 한 곳으로 모아 2007년 국립김
해박물관에서 특별전을 개최했을 정도니까.

한편 재현된 4호분의 모습을 자세히 보다보니, 다
른 가야 돌덧널무덤과 조금 다른 점이 눈에 띈다. 돌
로 큰 방을 만들어 시신과 부장품을 둔 것은 동일하
지만 돌방 위에 덮은 뚜껑돌 바로 아래로 나무기둥
이 여럿 튀어나와 있으니 말이지. 이런 디자인은 마

함안 말이산 4호분 목가구식 돌덧널무덤. 뚜껑돌 바로 아래로 나무기둥이 여럿 튀어나와 있다. ©Park Jongmoo

치 지붕을 받치는 나무기둥처럼 느껴지는 걸. 그래서일까? 아라가야식 돌덧널무덤을 "목가구식 돌덧널무덤"이라 부르더군. 나무를 마치 목가구처럼 교차로 짜넣은 돌덧널무덤이라는 의미.

이런 무덤이 등장한 이유로는 다음과 같은 견해가 주목받고 있다. 함안 지역의 돌은 셰일계 점판암으로 강도가 약한 편이라 흙으로 쌓은 봉분이 크고 무거울 경우 그 무게를 이기지 못하고 뚜껑돌이 무너질 가능성이 있었다. 이에 커다란 나무기둥을 돌덧널무덤 내부에 설치하여 무게 하중을 분산시키도록 한 것

(위) 말이산 고분군 75호분 출토 연꽃무늬 청자그릇. (아래) 백제 풍납토성 출토 연꽃무늬 청자그릇.

이다. 나름 아라가야 사람들의 고민 흔적이라 할까?

게다가 목가구식 돌덧널무덤은 모든 말이산 고분이 아닌 봉분이 특별히 큰 고분에 등장하는 방식인지라 그만큼 상당한 권력자의 무덤을 위한 설계였다. 당연하게도 말이산 고분군 4호분 역시 그 크기로 볼 때 아라가야 왕 정도의 권력자 무덤으로 추정되고 있으며, 순장자 또한 5~6명 정도가 함께하고 있었지. 조성 시기는 5세기 후반.

마찬가지로 목가구식 돌덧널무덤 중 하나인 지름 20m의 말이산 고분군 75호분에서는 2021년 연꽃무늬 청자그릇이 출토되어 큰 주목을 받았다. 이는 중국 남조에서 제작된 것으로 유사한 청자가 백제 영역인 풍납토성과 천안 용원리 등지에서 출토된 적이 있는지라, 아무래도 백제가 아라가야에 호의적인 행동을 보이던 시기에 중국으로부터 받은 물건을 보내준 듯싶다. 다만 일부 학계에서는 출토된 청자를 바탕으로 중국 남제에 사신을 파견하여 보국장군(輔國將軍) 본국왕(本國王)이라는 작위를 받았다는 가라 국왕 하지를 대가야 왕이 아닌 아라가야 왕으로 해석하기도 하지만 글쎄?

휴. 이로써 박물관 구경은 대충 마친 듯. 이제 슬슬 밖으로 나가 말이산 고분을 구경해볼 시간이 왔다. 하하. 멋진 고분 전경을 보러 빨리 밖으로 나가볼까.

8. 말이산 고분

불꽃무늬 토기

박물관 밖으로 나와 붉은 느낌이 다분한 벽돌로 세워진 건축물을 바라본다. 아까는 박물관을 한시라도 빨리 구경하기 위해 급히 들어가느라 자세히 보지 않았는데, 지금 여유를 가지고 보니 가운데 불꽃무늬가 참으로 인상적이로군. 마치 경주에 있는 첨성대처럼 보이기도 하고 말이지.

한데 이 불꽃무늬는 다름 아닌 아라가야 토기의 상징이라는 사실. 해당 무늬 덕분에 소위 '불꽃무늬 토기' 라 부를 정도니까. 당연하게도 이곳 함안박물관에 많이 전시되어 있으며, 대략 4세기 후반부터 등장해 6세기 전반까지 유행하였다.

아 참, 고령에서 대가야 특유의 토기 디자인을 바탕으로 대가야 영역을 그릴 수 있다 말한 적이 있는데, 여기서도 마찬가지다. 불꽃무늬 토기가 출토되는 지역 중 토기 수량과 밀집도가 높은 지역을 쭉 살펴보면 함안, 창원 서부 지역, 진주 동부 지역 등이 뽑힌다. 참고로 적은 수량이면 아라가야가 단순히 선물로 보낸 토기로 볼 수 있지만, 수량과 밀집도가

아라가야 토기의 상징인 불꽃무늬. 이 무늬 덕분에 '불꽃무늬 토기'라고도 부른다. ©Park Jongmoo

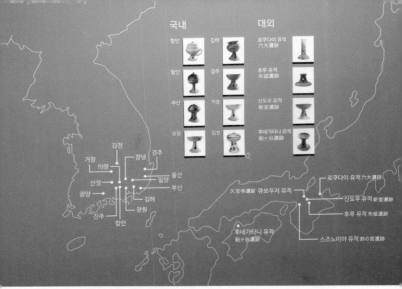

불꽃무늬 토기의 분포. 함안박물관.

남달리 높으면 해당 지역에서 적극적으로 사용한 토기로 해석할 수 있거든. 이를 통해 아라가야 영향력이 한때 함안을 중심으로 동쪽으로는 창원 서부 지역, 서쪽으로는 진주 동부 지역까지였음을 알 수 있다.

그런데 흥미로운 점은 불꽃무늬 토기가 비단 한반도 남쪽 영역뿐만 아니라 일본 간사이 지역에서도 발견되었다는 것. 당연하게도 이는 곧 아라가야와 일본 간의 교류를 알려주는 증거품이라 하겠다. 그럼 고분이 있는 말이산으로 등산하며 이 부분에 대한 이야기를 더 이어가보자.

유물로 보는 아라가야와 일본

3~4세기 일본 내 여러 세력은 금관가야로부터 철을 포함한 금속가공 기술뿐만 아니라 건축 및 토기제작 기술까지 적극 받아오고 있었다. 해당 내용은 금관가야와 일본 교류라 하여 학창시절 국사 교과서에서 배운 내용이 아닐까 싶군. 이러한 교류 과정 중일본으로 이주한 가야인도 있었지만 반대로 일본에서 가야로 이주한 경우도 많았으니, 이는 과거 금관가야 영역인 김해, 부산, 진해 등지에서 일본 토기가출토되는 것으로 알 수 있지.

다만 이때 일본과 적극적으로 교류한 세력은 비단 김해의 금관가야뿐만 아니라 함안의 아라가야도 있었다. 창원에는 마산 현동 유적이라 하여 한때 아라가야 최대교역 항구가 있었는데, 그런 만큼 대규모 마을이 존재했었거든. 특히 발굴조사 결과 마을에는 철을 생산하는 작업장이 확인되고 있어 당시철 생산과 유통이 매우 활발했던 모양. 그런데 이곳주거지 터에서 일본 토기가 발견되었기에 상당수의일본인들이 이곳에 거주한 데다, 일부 무덤에는 일본 토기마저 부장되고 있어 흥미를 끈다. 가야 지역에 상시로 머문 일본인 또는 가야계 일본인의 흔적이라 할 수 있겠지.

그러다 400년 광개토대왕의 한반도 남부 원정으로 인해 김해의 금관가야 세력이 크게 위축되는 격변이 발생하였다. 이에 일본 내 여러 세력들은 약화된 금관가야를 대신하여 보다 안정적으로 문물을 받아오고자 한반도 여러 세력과 다원화 방식으로 교류를 시도했고, 그렇게 서로의 필요성에 의해 대가야, 아라가야, 신라 등이 5세기 전반 들어와 일본 여러 지역과 적극적인 교류를 만들어갔다. 그 결과 아라가야의 불꽃무늬 토기가 일본 간사이 지역인 오사카, 교토, 나라 등에서 출토된 것이다.

헌데 5세기 중후반부터 분위기가 확 바뀐다. 점차 대가야 주도로 일본 교류가 만들어지더니, 6세기 초반부터는 이마저 백제 주도의 일본 교류로 물줄기가 바뀌기 때문. 게다가 마침 일본에서도 간사이 지역을 중심으로 한 왜왕의 권력이 강화되면서 점차 백제와 간사이 왜왕 세력 간 직접 교류가 잦아졌다. 한마디로 아라가야의 입지가 크게 약화되었음을 의미하지. 실제로도 5세기 후반부터 아라가야의 토기는 함안 중심으로만 출토되는 등 점차 위축된 모습을 보였으며, 본래 아라가야 외곽이었던 진주 주변으로는 소가야 유물이 증가하기 시작하였거든. 마찬가지로 일본에서는 5세기 후반부터 아라가야 유물이 급감하였으며 이와 동시에 아라가야의 말이산 고분에서도 일본 유물이 거의 발견되지 않았다.

아 참, 소가야는 함안 남쪽인 고성에 위치한 가야 소국으로서 송학동 고분군이라 하여 다른 가야 지역과 마찬가지로 지배계층의 무덤이 존재한다. 지도상 대략 진주와 통영시 중간쯤 위치. 물론 고분 근처에는 박물관이 위치하고 있으며 고성박물관이 바로 그것이다. 이렇듯 '고분 + 박물관' 시스템을 고성에서도 만날 수 있구나. 안타깝게도 이번 여행에서는 가기 힘들 듯하여 혹시 관심 있는 분은 나중에 직접 방문해보면 어떨까 싶다. 대중교통으로는 또다시 진주로 돌아가서 고성으로 가는 시외버스를 타야 하는 등 함안에서 고성으로 가기가 좀 힘들거든.

한편 소가야는 남해안에 인접한 고성에 위치한 관계로 거제도를 통과하는 남해안 교역로를 보다 편리하게 이용할 수 있었는데, 덕분에 5세기 후반 대가야와 일본 교류, 6세기 초반 백제와 일본 교류를 중개하며 세력을 키워갔다. 이에 대가야, 백제, 일본 유물이 소가야 고분에서 출토되었기도 하였지. 이러한 소가야의 급격한 성장은 당연하게도 아라가야에게 또 다른 위협으로 다가왔을 테다.

결국 아라가야에서 안라회의를 개최하던 시점을 유물 출토 내용과 연결시켜 살펴보니, 아라가야가 나름 여기저기서 생존에 큰 위협을 받는 상황이었음을 알 수 있구나. 그런 만큼 아라가야는 일본과의 외교관계를 복원시켜 과거의 전성기를 다시금 회복하고자 한 것이다. 물론 의도와 달리 백제와 신라의 견제로 인해 성공적인 결과물을 얻지 못했지만 말이지.

2, 3호분에 올라

함안박물관 뒤쪽 길을 따라 쭉 등산하듯 올라가면 말이산에 위치한 여러 고분들을 만날 수 있다. 게다가 고분 앞에는 고분번호와 함께 출토유물이 상세히 표기되어 있군. 덕분에 방문객들은 가볍게 걸으며 고분 전경을 구경하거나, 아님 각각 고분의 유물을 확인하며 깊은 볼거리를 즐길 수 있는 등 다양한 방식의 고분 여행이 가능하다.

고분 전경을 바라보니, 어제 방문한 고령 지산동 고분이나 합천 옥전 고분에 비해 유독 사람들이 산책하듯 즐기는 모습이 굉장히 많이 눈에 띄는걸. 아무래도 말이산 고분군이 인구 밀도가 높은 지역에 위치한 데다 산 높이가 적당해 그런 듯싶다. 게다가 의자나 나무가 중간중간 잘 배치되어 휴식을 취하며 감상하기도 좋아 함안군에서 꽤 신경을 쓴 느낌이 든다. 이곳 근처에 살면서 매일 말이산 고분군을 돌며 운동한다면 얼마나 기분이 좋을까? 하하. SNS에 올릴 사진도 매일 찍고 말이지.

열심히 오르다보니 어느새 4호분을 만났다. 말이

산에서 일제강점기 시절 발굴된 가장 큰 고분이자 말이산고분전시관에 내부 모습이 재현된 바로 그곳. 무엇보다 높은 지대의 큰 봉분이라 그런지 더욱 당당하게 다가온다. 4호분에서 함안박물관 쪽을 내려다보자 능선을 따라 차례대로 5, 6, 7, 8 고분이 배치되어 왠지 모르게 장엄한 느낌이 든다. 아 참, 5호분 바로 위로는 5-1, 5-2, 5-3호분 등이 새롭게 발견되기도 했는데, 이처럼 이곳에서는 오랜 세월에 봉분이 사라진 무덤이 조사 과정 중 계속 발견되는 상황이라고 한다. 얼마나 많은 무덤이 더 숨어 있을지 궁금한걸.

그런데 말이지. 능선을 따라 고분을 배치하는 방식에는 분명한 이유와 질서가 있었을 텐데 세월이 훌쩍 지나면서 그 의도를 100% 정확히 알 수 없어 참으로 안타깝구나.

예를 들어 4호분을 정점으로 두고 서쪽을 따라 쭉 내려가는 능선의 가장 아래이자 함안박물관 바로 옆에 위치한 8호분의 경우 크기가 왕릉으로 추정되는 4호분 못지않게 큰 데다 무덤 내에서 무덤 주인의 갑옷과 투구를 포함하여 말 갑옷 및 말 투구, 금동편 그리고 여러 토기와 순장자 6인이 확인되어 주목받았거든. 무엇보다 연화문이 찍힌 금동편의 발견으로 미루어 볼 때 금동관의 흔적으로 추정되고 있어 왕

함안 말이산 고분 지도.

함안 말이산 13호분. 규모가 패 큰 고분이 언덕 위에 위치하고 있어
위압적이다. ©Hwang Yoon

또는 그에 비견되는 권력자의 무덤이라는 의미. 그
렇다면 4호분과 8호분 사이의 5, 6, 7호분 등도 배치
된 모습을 볼 때 아무래도 4, 8호분의 권력자와 혈연
상 연결되는 무언가가 분명 있었을 듯한데, 음.

한편 4호분에서 남쪽으로 쭉 이동하다보면 남달
리 우뚝 선 높은 지대에 위치한 13호분을 만날 수 있
다. 이 고분 역시 4호분에 육박하는 크기로서 웅장한
모습을 자랑하는데다 13호분을 정점으로 두고 서쪽
능선을 따라 내려가면서 14, 15, 16, 17호분이 등장하
거든. 배치 구조로 볼 때 이들 무덤 역시 과거 13호분
과 혈연적으로 연결점이 있지 않았을까?

이렇듯 능선을 따라 무덤을 배치하는 것은 당시

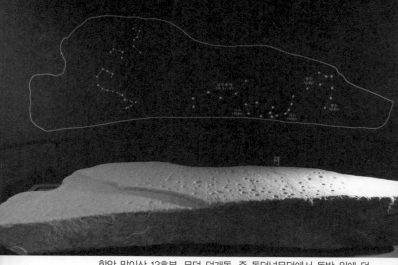

함안 말이산 13호분. 무덤 덮개돌, 즉 돌덧널무덤에서 돌방 위에 덮은 뚜껑돌에 별자리 문양이 발견되었다. ©Park Jongmoo

사람들의 기준으로 볼 때 혈통의 흐름처럼 무언가 남다른 의미를 부여하는 일이었을 것이다.

아~ 그리고 방금 이야기한 13호분의 경우 근래 무덤 덮개돌, 즉 돌덧널무덤에서 돌방 위에 덮은 뚜껑돌에 별자리 문양이 발견되어 큰 이슈가 되었다. 아까 함안박물관에 별자리 덮개돌이 전시되어 있었는데, 다른 유물에 집중하느라 그냥 넘어갔었거든. 혹시 관심 있는 분은 박물관에서 자세한 설명을 마저 읽어보면 좋을 듯싶군. 삼국시대 별자리 문화와 연결된다는 등 여러 이야기가 적혀 있으니까.

그럼 오늘은 13호분 방문을 포기한 채 2, 3호분을 올라가보자.

함안 말이산 2, 3호분에 올라 남쪽을 보니 4호분을 위시로 여러 고분들이 보인다. ⓒHwang Yoon

　2, 3호분은 말이산 고분군 북쪽의 높은 지대에 마치 쌍둥이처럼 함께 위치하고 있다. 무덤 크기는 4호분에 비해 작으나 워낙 높은 장소인지라 주변 전경이 시원하게 펼쳐 보일 만큼 뷰가 좋거든. 그래서일까? 지금도 사람들이 2, 3호분 주위로 많이 보이며 이 중 사진 찍는 사람들이 눈에 띈다. 다만 위치가 높은 만큼 약간 경사가 있으니 주의하며 올라간다.

　조심조심 걸어서 드디어 정상에 올랐다. 2, 3호분에서 남쪽을 보니 4호분을 위시로 여러 고분들이 마치 그림처럼 보이는구나. 이번에는 북쪽을 보자 1호

함안 말이산 2, 3호분서 바라본 북쪽. 1호분과 45호분이 보인다.
©Hwang Yoon

분과 45호분이 보인다. 과연 뷰맛집이로구나. 또한 이곳에는 아라가야 성곽분포를 설명하는 푯말이 있는데, 북쪽 방향으로는 아라가야 북쪽에 위치한 성곽이, 남쪽 방향에는 아라가야 남쪽에 위치한 성곽이 표기되어 있다. 성곽 숫자가 꽤 많은 것으로 보아 주변국 방어를 위해 불철주야 노력하던 아라가야의 모습이 잘 느껴지는군.

다만 뷰맛집임에도 아쉬운 점이 하나 있다면 북쪽 방향에 있는 높다란 아파트다. 안타깝게도 이곳에서 보면 마치 전경을 가로막는 거대한 벽처럼 다

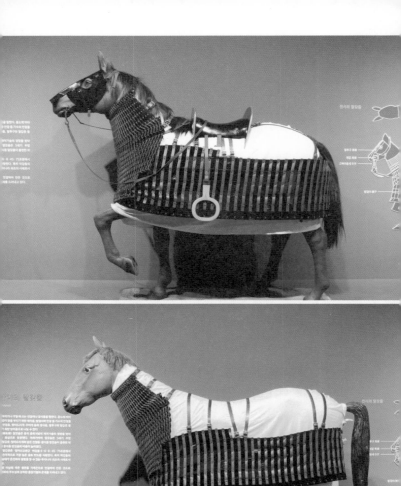

함안박물관 말 갑옷 재현. ©Park Jongmoo ©Hwang Yoon

가오거든. 1992년 준공된 아파트로 무려 15층이군. 그런데 저 아파트에서 놀라운 아라가야 유물이 출토되었으니, 신문배달 소년이 1992년 아파트 공사장을 지나다 철조각을 발견한 것이 계기였다. 즉 저 아파트도 본래 말이산 고분 영역의 일부였던 모양.

소년은 철조각을 발견한 후 놀랍게도 이를 단순히 넘기지 않고 국립창원문화재연구소에 곧바로 신고했는데, 공사를 멈추고 긴급 발굴조사를 한 결과 나무덧널 형태의 아라가야 무덤이 있었으며, 말 갑옷과 고리자루 큰 칼이 발견되었다. 특히 말 갑옷의 경우 원형 거의 그대로 발견되는 놀라운 쾌거였지. 무려 450여 개의 쇳조각으로 이루어진 말 갑옷이었거든. 소년의 재치에 다시 한 번 감탄할 뿐. 현재 국립김해박물관이 소장 중으로 이를 바탕으로 말 갑옷을 재현하여 함안박물관에서 보여주고 있으니 이 또한 꼭 확인해보자.

자, 아라가야의 말이산 고분은 이 정도에서 감상을 끝내고 슬슬 하산해볼까? 함안군청 방향으로 천천히 내려가야겠다. 물론 내려가면서 아라가야 역사 이야기를 마저 해야겠지. 룰루랄라~

안라왜신관

6세기 들어와 가야 연맹을 이끌던 대가야의 힘이 한풀 꺾인 반면 백제와 신라는 남다른 두각을 보이면서 가야는 점차 큰 위기에 직면하였다. 힘을 키운 백제와 신라가 서서히 가야 영역을 노리기 시작했거든. 사실 두 국가 모두 단순히 군사력만 본다면 가야 여러 소국 정도야 가볍게 밀어버릴 정도의 실력을 지니고 있었다. 다만 강력한 고구려로 인해 백제와 신라 간 협력이 여전히 중요할 때라 한동안 가야 영역을 두고 서로 치열한 신경전을 벌일 뿐이었지. 이렇듯 주도권을 뺏긴 가야는 어느덧 백제, 신라 사이의 완충지대로 유지되고 있었다.

하지만 백제가 섬진강 유역의 서쪽 소국을 병합하고 신라 역시 낙동강 동쪽 영역의 가야 소국을 병합하면서 분위기는 급변한다. 이제 가야 여러 국가들은 당장의 생존이 문제로 다가왔으니까. 그러자 아라가야는 대가야를 대신하여 한반도 문물에 큰 관심을 가진 일본을 적극 포섭하는 방법으로 발언권을 높이고자 하였다.

마침 당시 가야, 백제, 신라 등은 한반도의 여러 문물을 제공하는 대신 일본에게 병력 지원을 요청하거나 아님 상대국에 대한 병력 지원을 저지하고자 치열한 외교전을 펼치는 중이었거든. 게다가 그동안 뛰어난 기술과 문화를 지닌 채 일본으로 이주한 한반도 사람들이 많았기에 일본에서는 이들의 반응까지 신경 쓸 수밖에 없었지. 이러한 상황인지라 아라가야는 일본과 한반도의 공식 루트가 자국 내 구축된다면 최소한 백제, 신라로부터 외교적인 주도권을 가져올 수 있으리라 여긴 것이다.

그런 만큼 529년 안라회의 때 왜왕이 보낸 모야신(毛野臣)과 그의 병력이 백제군에 의해 축출된 뒤에도 아라가야는 포기하지 않고 일본과의 교섭에 집중하였다. 그 과정에서 《일본서기》에는 재안라제왜신(在安羅諸倭臣)이라는 표현이 등장한다. 이는 곧 안라에 주재하는 일본 사신이라는 의미를 지니고 있으며 이를 바탕으로 6세기 시점 아라가야에 안라왜신관(安羅倭臣館)이라는 기관이 존재했음을 알 수 있지. 문제는 안라왜신관에 파견된 일본 사신들과 백제와의 대립이 갈수록 심화되었다는 점이다.

하내직(河內直)에게 "옛날부터 지금까지 오직 그대의 악행만을 들어왔다. 그대의 선조들도 모두 간

악함을 품고 거짓되게 말하였다. (중략) 이제 사신
을 보내어 천황에게 아뢰어 그대들을 본래 있던 곳
으로 돌려보내도록 청하겠다."

《일본서기》 긴메이 천황(欽明天皇) 5년(544) 2월

위 내용은 백제 성왕이 안라왜신관에 파견된 일
본 사신 하내직에게 보낸 서신으로, 그의 선조까지
싸잡아 비난하며 천황, 그러니까 당시 기준으로 왜
왕에게 당신의 문제를 알려 일본으로 도로 돌려보내
겠다고 윽박지르고 있군. 그런데 하내직의 선조는
과연 어떤 인물이었기에 성왕이 이토록 분노를 보인
것일까?

이 해에 기생반숙녜(紀生磐宿禰)가 임나(任那,
가야)에 웅거하며 고구려와 교류하였으며, 서쪽에
서 장차 삼한(三韓)의 왕 노릇 하려고 정부를 조직하
고 스스로를 신성(神聖)이라고 칭하였다. 임나의 좌
노(左魯) 나기타갑배(那奇他甲背) 등이 계책을 써서
백제의 적막이해(適莫爾解)를 미림(爾林)에서 죽이
고 대산성(帶山城, 전라북도 정읍)을 쌓아 동쪽 길을
막고 지켰으며, 군량을 운반하는 나루를 끊어 군대
를 굶주려 고생하도록 하였다.
백제 왕이 크게 화가 나, 영군(領軍) 고이해(古爾

解)와 내두(內頭) 막고해(莫古解) 등을 보내 무리를
거느리고 대산성(帶山城)에 나아가 공격하게 하였
다. 이에 생반숙네(生磐宿禰)는 군대를 내보내 맞아
쳤는데 담력이 더욱 왕성하여 향하는 곳마다 모두
깨뜨리니 한 사람이 백 사람을 감당할 정도였다. 그
러나 얼마 후 군대의 힘이 다하니 일이 이루어지지
못할 것을 알고 임나(任那)로 돌아왔다. 이로 말미
암아 백제가 좌노(左魯) 나기타갑배(那奇他甲背) 등
300여 인을 죽였다.

《일본서기》 겐조 천황(顯宗天皇) 3년(487)

백제 동성왕 시절 이야기다. '기생반숙네'라는
인물이 자칭 삼한의 왕이 되겠다며 전라북도까지 세
력을 넓히자 임나, 즉 가야 세력의 나기타갑배 등이
백제 관료를 죽이며 적극적으로 호응한 적이 있었거
든. 하지만 잠시 밀리던 백제가 승기를 잡으니, '기
생반숙네'는 가야로 달아났고 백제군은 나기타갑배
등 300여 명을 잡아 죽였다. 그런데 이때 백제에 의
해 죽은 나기타갑배가 다름 아닌 하내직의 선조였
다. 한마디로 나기타갑배가 백제에 의해 죽임을 당
한 직후 그의 일족이 위협을 피해 일본으로 이주하
였고, 그렇게 60여 년이 지나 후손 하내직이 아라가
야로 일본 사신이 되어 파견된 것. 당연하게도 핏줄

상 백제에 대한 원한이 깊을 수밖에 없는 인물이었다.

게다가 하내직 이외에도 안라왜신관에는 가야계 일본인들이 일부 파견되어 있었건만, 이들 역시 백제와 대립하며 오히려 신라와의 교류를 강화하는 등의 모습을 보였다. 대표적으로 "연나사(延那斯), 마도(麻都) 등의 가야계 일본인이 그들. 신라가 해마다 군사력이 강성해지며 아라가야 근처까지 영향력을 보이니, 아라가야 입장에서는 생존을 위해 신라와의 우호관계가 중요해졌거든. 이에 따라 당시 안라왜신관의 일본 사신들 역시 자신들이 머물고 있는 아라가야 의도에 맞추어 친신라 움직임을 보였던 모양이다.

결국 가야 지역 컨트롤이 의도대로 되지 않자 인내심의 한계에 도달한 백제 성왕은 친신라 성향의 일본 사신들을 외교적으로 압박하여 아예 아라가야에서 추방시키고자 했으나….

오호, 드디어 말이산 고분에서 함안군청까지 내려왔다. 이제 함안버스터미널까지 이동할 차례. 약 1㎞ 정도 거리라 걸어서 15분쯤 걸리니 슬슬 동네 구경하며 이동하자.

아라가야와 고구려

슬쩍 도로 안쪽으로 들어와 함안 마을을 걸으면서 주변 거리와 건물을 바라본다. 발로 걷는 여행의 즐거움이란 바로 이런 것이 아닐까? 아주 잠시지만 공기 맑은 함안에서 그동안 쭉 살아온 착각마저 드는걸. 이런 소소한 즐거움은 승용차를 타고 도로를 따라 쓱 지나가는 것과 차별되는 재미라 하겠다. 그래서 내가 뚜벅이 여행을 포기하지 못하는 듯.

아차차, 이야기를 마저 이어가야지. 하하. 함안 거리를 걸으며 넋을 빼놓고 있었네.

6세기 중반 시점 백제 성왕에게 가장 중요한 목표는 따로 있었다. 고구려에 의해 뺏긴 한강 하류, 그러니까 지금의 서울 지역을 되찾아 백제 전성기를 회복하겠다는 것. 실제로도 백제는 서울 지역에 수도가 있던 한성백제 시절을 자신들의 최고 전성기라 여기고 있었거든. 근초고왕으로 대표되는 시대 말이지.

다만 고구려가 남다른 국력을 지니고 있었던 만큼 백제는 목표를 달성하기 위하여 신라의 도움이 절실했다. 한반도 남부의 강국인 백제와 신라가 연

합해야 겨우 한강 유역 수복이 가능했으니까. 이렇
게 고구려를 두고는 협력하는 관계인 백제와 신라가
가야를 두고는 대립하는 상황이었다는 점. 이에 성
왕은 백제가 한강 유역을 완전히 장악하여 제2의 전
성기를 누리기 전까지 가야가 신라와 우호관계여선
안 되고, 백제의 충실한 보호국처럼 유지되기를 원
했다.

　이에 성왕이 직접 국제회의를 개최하여 가야 연
맹의 여러 국가와 안라왜신관에 파견된 일본 사신을
백제 수도인 사비성으로 불러 모았다. 이를 학계에
서는 소위 사비회의라 부르지.《일본서기》에 따르면
해당 회의는 541년, 544년 이렇게 두 차례 개최되었
으며 대가야와 아라가야를 포함한 가야 연맹의 여러
국가와 안라왜신관에서 각각 고위층 사신을 파견하
였다.

　한편 두 차례에 걸친 회의에서 성왕은 백제가 신
라의 압박으로부터 가야를 지켜줄 테니, 가야는 백
제를 믿고 따르라 하였는데. 글쎄? 백제의 의도와 달
리 가야 측 반응은 시큰둥하여 사비회의에서만 백제
와 성왕의 위세에 잠시 굴복한 척했을 뿐이었다. 가
야의 안전과 독립을 결코 백제가 보장해주지 않음을
이미 알고 있었으니까. 사실 가야 입장에서는 이리
떼를 막자고 범을 불러들일 수는 없는 노릇이었거

든. 게다가 당시만 하더라도 신라보다 백제가 훨씬 강국인지라 더욱 두려운 존재였다.

백제가 사신을 보내와서 화친을 청하므로 허락하였다.

《삼국사기》 신라본기 진흥왕 2년(541)

백제가 나솔(奈率, 백제 6번째 관등) 기릉(其㥄), 나솔(奈率) 용기다(用奇多)·시덕차주(施德次酒) 등을 보내어 표를 올렸다.

《일본서기》 긴메이 천황 5년(545) 5월

성왕은 사비회의를 개최했음에도 가야 반응이 생각보다 만족스럽지 않자 기다렸다는 듯 다음 작전을 이어갔다. 신라와 일본으로 사신을 보내 적극적인 관계개선에 나선 것이다. 아라가야를 필두로 가야 연맹들이 안라왜신관을 통한 일본과의 교섭을 빌미로 친신라 정책을 펼치면서 백제와 거리를 두는 만큼 백제는 신라와 화친을 맺고 일본으로부터 백제 지지를 받아내어 가야의 외교적인 선택을 일방적으로 무력화시키겠다는 계획이었다.

특히 이 과정에서 성왕은 일본으로 일본계 백제인 사신을 파견하며 병력지원을 적극 요청하였다.

이는 곧 일본이 백제로 병력을 지원하는 모습을 보여줌으로써 가야의 일본에 대한 기대심리를 지레 포기하도록 만들기 위함이었지. 그렇다. 다름 아닌 6세기 초반 백제가 대가야를 압박할 때 사용하던 방법과 유사하군. 아라가야 역시 이전 대가야처럼 백제 외교력에 의해 일본와의 연결점이 약화된다면 자연스럽게 가야 내 발언권을 잃게 되리라 여긴 것이다.

마침 일본 역시 한동안 백제와 거리를 둔 채 등거리 외교를 해보니, 가야, 신라로부터 얻는 이익보다 백제가 적극 제공하는 고급문화를 받아들이는 것이 자국발전에 훨씬 큰 이익이라 여기고 있었다. 이에 고민 끝에 백제의 병력지원 요청을 받아들인다.

그렇게 아라가야와 더불어 안라왜신관 내 일본 사신들은 시간이 지날수록 자신의 입지가 백제에 의해 약화되는 상황이 만들어지자 새로운 묘수를 생각해냈다. 그것은 바로 고구려와 손잡는 강수였으니.

고구려 왕 평성(平成, 양원왕)이 예(濊)와 함께 한수 이북의 독산성(獨山城)을 공격하였다. 왕이 사신을 보내 신라에 구원을 요청하였다. 신라 왕이 장군 주진(朱珍)에게 명하여 갑옷 입은 군사 3000명을 거느리고 나서게 하였다. 주진은 밤낮으로 길을 가서 독산성 아래에 이르러, 고구려 군사들과 한바탕

싸워 크게 깨뜨렸다.

《삼국사기》 백제본기 성왕 26년(548) 1월

548년 고구려가 백제의 성을 공격하는 일이 벌어졌는데, 곧바로 신라가 구원병을 보내 백제를 지원하였다. 이렇듯 성왕의 의도대로 백제, 신라 간 화친은 잘 유지되고 있었거든.

백제가 사신을 보내어 "마진성(馬津城, 독산성)의 전투에서 사로잡은 포로가 '고구려가 마진성(馬津城)을 공격한 것은 안라국(아라가야)과 일본부(日本府, 안라왜신관)가 불러들여 벌줄 것을 권했기 때문이다'라고 말하였는데, 사정으로 미루어 상황을 보더라도 진실로 서로 비슷합니다. 그러나 그 말을 밝히고자 하여 안라국에 세 번이나 사신을 보내 불렀으나 모두 오지 않으므로 깊이 생각해보았습니다. 엎드려 바라옵건대 황공하신 천황께서 먼저 상황을 살피기 위해 청했던 구원병을 잠시 멈추시고 신(臣, 성왕)의 보고를 기다려주십시오."라고 아뢰었다.

이에 천황이 조를 내려 "법식에 따라 올린 글을 보고 근심하는 바를 살펴보았다. 일본부(日本府, 아라왜신관)와 안라(安羅, 아라가야)가 이웃의 어려움을 구하지 않은 것은 짐이 또한 매우 싫어하는 바이다. 또 그들이 몰래 고구려에 사신을 보냈다는 것은 믿을 수 없다. 짐이 명하였다면 스스로 보냈을 것이지만 명하지 아니하였는데 어떻게 갔겠는가. 원하건대 왕은 흉금을 터놓고 안심하여 편안하게 마음을 가라앉히고 너무 두려워하지 말라."

《일본서기》 긴메이 천황(欽明天皇) 9년(548) 4월 3일

한데 놀라운 전말이 밝혀졌다. 백제가 잡힌 고구려 포로를 심문하는 과정 중 아라가야와 아라왜신관의 일본 사신들이 함께 공모하여 고구려로 사람을 보내 백제를 공격해달라 요청했음을 알게 된 것. 위의 《일본서기》 기록이 바로 그 내용을 담고 있네. 물론 여기에서도 일본 특유의 재해석을 통해 일방적으로 천황을 높이고 백제 왕을 낮추고 있구나. 하하. 참으로 일관성이 있어. 덕분에 성왕이 천황에게 마치 아랫사람이 겸손한 태도로 상황을 알리듯 표현하고 있지만, 실제로는 성왕이 큰 분노를 왜왕에게 표출하는 장면이라 하겠다.

즉 왜왕에게 성왕이 사신을 보내 "백제가 그동안 안라왜신관의 일본 사신이 문제가 많아 교체가 필요하다고 여러 번 언급했었는데 결국 이 사단이 났다. 고구려 포로 왈 이번 고구려 공격에 이들이 적극 개

입했다고 한다. 이에 대한 명확한 설명을 듣고자 아라가야에 세 번이나 사신을 보냈으나 안라왜신관은 응답이 없으니, 왜왕 입장에서는 이를 어찌 설명할 것인가?'라고 따진 것이지.

그러자 왜왕 왈 "안라왜신관의 행동은 결코 내가 명한 것이 아니다. 또한 이들이 일본 정부에 알리지 않고 몰래 고구려에 사신을 보낸 행동 역시 믿기 어렵다."라며 발뺌한 것. 아무래도 일본에서 볼 때도 안라왜신관 내 일본 사신들이 타국의 전쟁을 도발한 것은 보통 사건이 아니었으니까. 한마디로 외교결례를 넘어 외교참사였던 것.

　"연나사(延那斯)·마도(麻都)가 몰래 사사로이 고구려에 사신을 보낸 것은 짐이 마땅히 사람을 보내어 허실을 물을 것이며, 청한 군사는 청원에 따라 멈추겠다."라고 하였다.

《일본서기》 긴메이 천황 10년(549) 6월 7일

결국 왜왕은 사건의 전말을 확인한 후 백제로 돌아가는 백제 사신에게 안라왜신관의 일본 사신인 연나사(延那斯)·마도(麻都)의 죄를 묻겠다고 이야기하였다. 이들은 가야계 일본인으로서 대표적인 친신라, 반백제 세력이었거든. 이로써 아라가야 내 안라왜신관은 백제 성왕의 의도대로 정리되기에 이른다. 뿐만 아니라 이번 사건으로 인해 일본이 아라가야와 의도적으로 거리를 두자 아라가야 역시 더 이상의 저항할 방법이 없어졌다. 이제는 백제가 원하는 대로 따를 수밖에.

9. 임나일본부

함안버스터미널

천천히 걸어 오후 1시 25분이 되어 버스터미널에 도착했는데, 오호. 마산 가는 버스가 딱 1시간 뒤인 오후 2시 25분에 있구먼. 오늘의 마지막 목적지는 창녕이지만 바로 가는 버스가 없어 마산을 들를 수밖에 없다. 마침 창녕에도 '가야 고분 + 박물관' 구조를 갖추고 있거든. 내 여행법이 기회를 잡으면 한 번에 다 돌아보는 방식이라. 하하.

그렇다면 시간도 남으니, 근처에서 점심이나 먹을까?

터미널 바로 옆에 함안 '153가마솥국밥'이라는 가게가 있는데, 돼지국밥이 참 맛있음. 나와의 인연은 다음과 같다. 몇 년 전 함안에 강연이 있어 마산에서 버스를 타고 이곳에 도착한 후 배가 고파 근처 가게 아무데나 들어갔거든. 지금 생각해보면 내가 돼지국밥을 워낙 좋아하다보니, 본능적으로 국밥 냄새를 맡고 들어간 듯하다. 그런데 웬걸? 돼지국밥이 정말로 맛있더라. 가히 내 고향 부산의 돼지국밥 맛과 비견될 정도.

다시 들른 가게는 여전히 지역맛집 특유의 분위기를 풍기고 있네. 푸짐한 돼지국밥이 나오자 김치와 함께 아주 맛있게 입에 넣는다. 그래, 바로 이 맛이야. 돼지가 가지고 있던 에너지가 손실 없이 100% 내 몸으로 전달되는 것 같거든. 육즙과 깊은 국물 맛을 즐기다보니, 어느덧 그릇이 다 비워졌다. 그렇게 몸에 에너지를 충전시키면서 마지막 여행을 위한 준비를 마친다.

　　든든한 배와 함께 가게 밖으로 나섰다. 그럼 버스 터미널로 다시 가서 버스 출발까지 남은 시간을 기다려볼까? 한 20분 정도 더 기다려야 하거든. 그럼 기다리는 동안 흥미로운 주제의 이야기를 이어가기로 하자.

일본부

아마 임나일본부(任那日本府)라는 용어를 한국인
이라면 살면서 최소한 한 번쯤은 들어본 적이 있을
것이다. 당연하게도 한국인에게는 그리 좋은 이미지
가 아닐 텐데, 일본 특유의 왜곡된 역사관을 바탕으
로 등장한 용어이기 때문. 하지만 일본에서는 도쿠
가와 막부 시절인 18세기부터 다시금 주목받다가 근
대 들어오며 폭발적인 관심을 받았던 만큼 한때 일
본 사학계에 있어 매우 중요한 용어 중 하나로서 군
림하였다. 그런데 해당 관심은 6세기 중반 《일본서
기》에 등장하는 '일본부(日本府)'라는 표현으로부
터 시작되었다는 사실.

대략 용어의 뜻을 해석하면 다음과 같다. 임나(任
那), 즉 가야에 일본부(日本府)라는 행정구역이 설치
되었다는 것. 다만 일본이라는 국호가 7세기 후반에
등장한 것과 유사하게 부(府)라는 용어 역시 중국 당
나라에서 713년 들어와 특별한 지위를 지닌 행정구
역을 지칭하는 용어로 사용하면서 비로소 주변국으
로 널리 알려졌거든. 즉 '일본부'라는 용어는 6세기

중반시점의 것이 아니었구나. 여기까지 따라오면 이번에도 역시나 라고 할지 모르겠네. 정답. 마치 천황이라는 용어처럼 《일본서기》를 편찬하면서 그 시점 새로이 만들어진 용어를 과거로 소급적용했던 것.

한편 《일본서기》의 주석서, 즉 뜻을 풀이해둔 13세기 말에서 14세기 초에 편찬된 《석일본기(釋日本紀)》에 따르면 일본부를 '임나지왜재(任那之倭宰)'라 표기하였는데, 이는 곧 임나의 왜나라 대표직, 한마디로 가야의 일본 사신을 의미했다. 게다가 《일본서기》 554년 기록에는 '재안라제왜신(在安羅諸倭臣)'이라 하여 안라에 주재하는 일본 사신이라는 표현이 등장하며, 이 또한 일본부의 또 다른 표현이거든. 이를 통해 한때 단순히 일본 사신이 상주하던 아라가야 내 '일본 대사관 = 안라왜신관'을 8세기 초반 《일본서기》를 편찬하면서 일본부라 통일시켜 기재했음을 알 수 있지.

그렇다면 소위 일본부가 실제로 한 역할은 무엇이었을까?

이미 함안을 여행하면서 여러 번 언급한 듯하군. 아라가야가 백제, 신라와의 힘겨루기에서 살아남기 위해 일본과 교류를 강화시키고자 등장시킨 기관이었으니까. 그 과정에서 가야와 친밀한 관계가 있는 가야계 일본인이 주로 이곳에 상주하였는데, 이는 일본에서 일부러 자국 내 가야와 문화, 혈연적으로 익숙한 사람을 파견하였기 때문. 하지만 백제 성왕의 외교로 가야계 일본인 사신들의 발언권이 크게 약화되면서 사실상 아라가야 중심으로 운영하던 일본부의 역할은 마감된다. 이후로는 백제와 일본을 연결하는 허수아비 기관으로 운영되고 말았지.

백제왕 명농(明穠, 성왕)이 가야와 함께 와서 관산성(管山城, 충청북도 옥천군)을 공격하였다. 군주 각간(角干) 우덕과 이찬(伊飡) 탐지 등이 맞서 싸웠으나 패하였다. 신주군주 김무력이 병사를 이끌고 나아가 서로 맞붙어 싸웠는데, 비장(裨將)인 삼년산군의 고간(高干) 도도가 갑자기 공격하여 백제 왕을 죽였다. 이에 여러 군대들이 승세를 타고 크게 이겨 좌평(佐平) 4명과 사졸 2만 9600명의 목을 베었고, 한 필의 말도 돌아간 것이 없었다.

—《삼국사기》 신라본기 진흥왕 15년(554) 7월

그러다 백제 성왕이 554년 신라와 전투를 벌이던 중 전사하면서 아라가야에 위치한 일본부에 큰 위기가 닥쳤다. 이는 성왕의 의도대로 백제, 신라, 가야 연합군이 고구려를 동시에 공격하여 한강 유역을 장악한 이후 벌어진 사건이었다. 연합군이 한강 유역을 장악한 지 얼마 지나지 않아 갑작스런 신라의 공세로 한강 하류 대부분을 신라가 장악해버렸거든.

한편 신라는 그동안 중국으로 가는 바닷길이 막혀 있어 사신을 자유롭게 파견할 수 없었기에 백제뿐만 아니라 대가야마저 중국으로부터 받은 관직을 얻어본 적이 없었다. 그런 만큼 이번 기회에 중국과 직접 교류가 가능한 한강 하류를 장악하여 적극적으로 선진문물을 받아와 더욱 발전된 국가로 올라서겠다는 심산이었다.

하지만 신라의 이런 태도에 대해 당연하게도 백제는 뜻밖의 배신이라 여겼겠지. 그런 만큼 자신들의 오랜 꿈인 한강 유역 장악이 좌절되자 분노를 지닌 채 신라를 공격하였으며, 이때 가야도 백제와 함께 신라 공격에 참여하였다. 이렇게 준비된 백제, 가야 연합국 병력은 약 3만에 이르렀다. 뿐만 아니라 《일본서기》에 따르면 일본 역시 백제에 1000명의 군사를 파견하여 신라 공격을 도왔다고 하니, 사실상 성왕이 끈기 있게 오랜 세월에 걸쳐 구축한 연합세력 중 신라만 빠진 상황이었던 것.

그러나 뜻밖에도 전쟁 초반만 하더라도 크게 유리하던 백제가 끝내 패하면서 성왕마저 전사하는 최악의 결과가 나온다. 이 사건으로 인해 백제는 너무나 큰 피해를 받았기에 한동안 가야에 대하여 신경 쓸 여력마저 사라졌다. 이렇게 백제가 힘을 쓰지 못하는 틈을 타 신라는 눈치 볼 것 없이 과감히 가야 영역을 군사력을 통해 장악하였으니, 이 과정에서 버팀목이 없어진 아라가야에 있던 일본부 또한 아라가야 멸망과 함께 신라에 의해 사라지게 된다.

여기까지 살펴보았듯 일본부는 6세기 초반 어느 시점 등장하여 가야 지역 대부분이 신라 영역이 되는 562년 경 사라진 아라가야 내 일본 사신이 머물던 기관이었음을 알 수 있다. 그러나 일본은 8세기 초반 《일본서기》를 집필하면서 일본 대사관에 불과했던 안라왜신관을 군이 행정구역 의미를 지닌 일본부라 개칭하면서 지금까지도 문제적 용어로 인식되도록 만든다. 실제로는 《일본서기》를 집필하면서 천황의 위상을 높이고자 한때 일본이 가야를 직할지로 통치한 것처럼 느껴지도록 일부러 일본부라는 용어를 사용한 것에 불과했는데 말이지. 결국 이 또한 왜곡의 산물이었던 것.

임나일본부설

시간이 되었으니, 이제 버스를 타야겠군. 나를 포함하여 많은 사람들이 줄을 서서 버스를 타는 중. 버스 안으로 들어서자 대부분의 자리가 꽉꽉 찼네. 버스는 한 25분 정도 달리면 마산시외버스터미널에 도착하므로 좌석에 앉아 편안하게 바깥 풍경이나 봐야겠다. 자리에 앉고 얼마 뒤 버스 문이 닫히며 도로를 달리기 시작한다. 그럼 함안아~ 다음에 또 보자.

바깥을 구경하다보니, 어느새 도착한 마산시외버스터미널. 이곳 버스 시간표에 따르면 창녕으로 가는 버스가 오후 3시 20분에 출발하는구나. 아직 3시가 채 되지 않아 넉넉하군. 터미널 안에 위치한 던킨도너츠로 들어가 도넛 두 개를 고른다. 이거나 먹으면서 기다려야지.

그럼 도넛을 먹으며 아까 하던 이야기를 더 이어가볼까?

신공황후가 황전별(荒田別)과 녹아별(鹿我別)을 장군으로 삼아 구저(久氐, 백제 사신) 등과 함께 군대를 거느리고 건너가 탁순국(卓淳國, 창원)에 이르러 신라를 치려고 하였다. 이때 어떤 사람이 "군대가 적어서 신라를 깨뜨릴 수 없으니, 다시 사백(沙白)과 개로(蓋盧)를 보내어 군사를 늘려주도록 요청하십시오."라 하였다.

곧 목라근자(木羅斤資)와 사사노궤(沙沙奴跪)에게 정병(精兵)을 이끌고 사백(沙白)·개로(蓋盧)와 함께 가도록 명하였다. 함께 탁순국에 모여 신라를 격파하고, 비자발, 남가야, 탁국, 안라, 다라, 탁순, 가라 7국을 평정하였다. 또 군대를 옮겨 서쪽으로 돌아 고해진(古奚津, 전남 강진)에 이르러 남쪽의 오랑캐 침미다례(忱彌多禮)를 무찔러 백제에게 주었다. 이에 백제왕 초고(肖古)와 왕자 근수(貴須)가 군대를 이끌고 와서 만났다.

(중략)

백제 왕이 "만약 풀을 깔아 자리를 만들면 불에 탈까 두렵고, 또 나무로 자리를 만들면 물에 떠내려갈까 걱정된다. 그러므로 반석에 앉아 맹세하는 것은 오래도록 썩지 않을 것임을 보여주는 것이니, 지금 이후로는 천년 만년 영원토록 늘 서쪽 번국이라 칭하며 봄, 가을로 조공하겠다."라고 맹세하였다.

《일본서기》 신공황후(神功皇后) 49년(249) 3월

《일본서기》에 따르면 3세기 들어와 신공황후라는 걸출한 인물이 등장한다. 그는 여성이나 천황을 대신하여 섭정으로 일본을 통치하였다고 하는데, 근대 시절 일본 학계에서는 신공황후의 《일본서기》속 활동을 근거로 삼아 임나일본부가 6세기가 아닌 훨씬 더 과거 시점부터 시작되었다는 주장이 강력한 지지를 받았지. 이 중 위 기록은 신공황후가 병력을 보내 신라를 격파하고 가야를 복속시킨 후 백제까지 조공국으로 만들었다는 내용으로 사실상 이때부터 임나일본부가 시작되었다는 중요한 근거로 널리 알려졌다. 그러나 하나하나 세밀히 따져보면 해당 기록은 의문점으로 가득하다.

1. 우선 신공황후는 신라를 공격하려면 병사가 더 필요하다는 판단이 들어 장군 두 명에게 지원군을 더 딸려 보냈는데, 목라근자와 사사노궤가 바로 그들. 문제는 목라근자와 사사노궤가 당시 백제계 일본인도 아닌 아예 백제 사람이었다는 점. 즉 위 표현대로라면 일본 지도자가 백제 사람을 자국 장수로 삼아 병력을 보냈다는 의미인데. 음?

2. 다음으로 신공황후가 보낸 일본군은 신라를 격파하고 여러 소국을 정복한 직후 백제 왕과 백제 왕

자를 만난다. 이들은 백제 왕이었던 '초고(肖古) = 근초고왕' , 백제 태자였던 '귀수(貴須) = 근수구왕'이었으니, 백제 최고 전성기 시절을 상징하는 인물이로군. 문제는 신공황후는 3세기 사람이건만 《삼국사기》에 따르면 근초고왕과 근수구왕은 4세기 사람이라는 점. 시간대부터 아예 맞질 않네.

3. 뿐만 아니라 이때 일본이 정복했다는 비자발, 남가야, 탁국, 안라, 다라, 탁순, 가라 7국 중 남가야 = 김해의 금관가야, 가라 = 대가야를 뜻한다. 문제는 대가야를 가라로 금관가야를 남가야로 구분하여 부르기 시작한 시점은 대가야가 가야 연맹 주도권을 잡은 이후인 5세기부터라는 점. 게다가 예를 들어 7국 중 하나로 등장하는 합천의 다라국 역시 이번 여행에서 박물관과 고분까지 방문하였지만 3~4세기에는 그다지 큰 세력이 아니었다. 고고학적으로 볼 때 5세기부터 비로소 큰 세력으로 성장하니까. 이를 미루어 볼 때 위의 7국은 3~4세기 가야 상황이 아닌 5~6세기 시점 가야의 주요 연맹이었다는 사실.

4. 마지막으로 신공황후가 정복 후 백제에게 주었다는 침미다례(忱彌多禮)는 전라남도 남해안 지역, 즉 해남, 강진, 고흥 주변으로 추정된다. 문제는 최근

까지 이어진 고고학 조사에 따르면 5세기 후반에서 6세기 전반에 이르러야 이 지역이 완전한 백제 영역화가 되었다고 하는군. 이렇듯 백제가 전라남도 남해안을 장악하는 시기마저 3~4세기가 아니라 5~6세기라는 사실. 실제로 근래 고흥 신호리에 위치한 동호덕 고분에서는 6세기 시점의 백제, 가야, 일본 유물이 함께 나와 주목을 받기도 했다. 즉 한때 전라도 남해안 지역에 바닷길 거점 역할을 하며 세력을 키운 집단이 존재했던 것.

여기까지 대략 보아도《일본서기》는 더 과거로 내려갈수록 기록의 신뢰성이 그다지 높지 않다. 3세기 사람과 4세기 사람이 한 시대에 함께하거나 타국 장수에게 자국 장수처럼 명을 내리고 시대에 맞지 않는 지명이나 사건이 등장하는 등, 황당한 상황의 연속이라 말이지.

결국 신공황후의 이야기는 5~6세기 들어와 백제와 일본 간 적극적인 교류를 만들어가며 등장한 사건들을 축약, 정리한 후 더 과거로 연원을 끌어올려 3~4세기 기록으로 구성한 느낌이랄까? 그 과정에서 실존인물인 근초고왕에 대응시키기 위해 신공황후라는 가상의 인물을 구성한 것 같거든. 그래서인지 몰라도 현재는 한일 학계 상당수가 신공황후를 실제 역사 인물로 보고 있지 않다고 하더군.

> 성왕은, "옛적에 우리 선조 속고왕(速古王, 근초
> 고왕), 귀수왕(貴首王, 근수구왕)의 때에, 안라(安
> 羅)·가라(加羅)·탁순(卓淳)의 한기(旱岐, 가야 소
> 국의 왕) 등이 처음으로 사신을 보내고 서로 통교하
> 여 친교를 두터이 맺어, 자식이나 동생의 나라로 여
> 기고 더불어 융성하기를 바랐다."
>
> 《일본서기》 긴메이 천황 2년(541) 4월

다만 백제의 근초고왕과 근수구왕이 4세기 시점
가야와 교류를 시작한 것은 분명해 보이는데, 이는 6
세기 중반 성왕의 발언 중 마침 관련 내용이 등장하
기 때문.

이렇듯 위의 성왕 발언을 통해 근초고왕, 근수구
왕 시절에 남해 바다 지역에 위치한 가야 왕들이 사
신을 보내면서 백제와 가야 간 교류가 시작되었음을
알 수 있구나. 게다가 백제와 교류를 시작한 가야가
일본과 백제를 중간에서 연결해주면서 비로소 백제
와 일본의 교류가 열렸거든. 즉 실제 역사는 4세기
후반 들어와 가야가 다리를 놓으며 백제, 일본 간 교
류가 시작된 것에 불과했다. 그 과정에서 백제, 가야,
일본으로 여러 사람들이 배를 타고 이동하는 도중

남해안에 위치한 전라남도의 침미다례 주변도 지나 갔었겠지.

그렇다면《일본서기》에는 왜 실제 역사와 달리 신공황후에 의해 가야 7국과 침미다례 등이 무력으로 정복되고 더 나아가 한성백제의 전성기를 상징하는 위대한 백제 왕들이 일본으로 조공을 바쳤다고 표현했던 것일까?

당연하게도 이 역시 천황과 자국 역사를 높이기 위해 일부러 왜곡된 내용으로 집필한 결과물이었다. 이에 단순한 교류 시작을 크게 과장하여 중간에 다리를 놓은 가야를 마치 일본이 정복한 것처럼 묘사하였고, 마찬가지로 근초고왕 등으로 남다른 전성기를 맞이한 백제마저 더 강력한 국력을 지닌 일본에게 고개를 숙이는 것처럼 묘사했던 것. 그뿐 아니라 자국의 부실한 역사 기록을 채우고자 미래에 벌어진 여러 사건과 명칭을 모아 3세기 것으로 끌고 오기까지 했지. 나름 이런 방법을 통해 일본을 한반도 여러 국가 못지않게 유구한 역사를 지닌 국가로 묘사한 것이다.

이처럼 하나하나 뜯어보면 허풍과 의심될 내용으로 가득한 신공황후 기록이지만 근대 시절 일본은 잘 나가고 한반도는 일개 식민지가 된 상황에서는 글쎄? 상황이 상황인지라 근대 일본인 기준으로 볼 때 해당 기록이 왠지 그럴 듯하게 보였던 듯하다. 오죽하면 일본은 신공황후 기록을 실제 역사로 여기며 한반도 내 일본이 지배한 흔적을 적극적으로 찾아보기 시작했거든. 가야 고분을 조사하여 일본부, 즉 일본의 가야 내 행정구역이 영향을 미친 유적지와 유물을 찾아보겠다는 명확한 목표가 세워진 것이지.

가야 고분 조사 결과

슬슬 창녕으로 가는 버스를 타볼까? 시간을 보아 하니, 약 1시간 뒤인 오후 4시 20분쯤 도착할 것 같네. 그럼 여유도 많으니, 바깥 풍경을 보며 이야기를 더 이어가야겠군. 아 참, 지금부터는 일제강점기 시절 일본이 가야 고분을 조사한 내용을 이야기할 차례지? 하하. 나이가 드니 방금 전 일마저 기억이 가물가물.

어쨌든 근대 들어와 유구한 역사를 지닌 한반도가 일본의 식민지가 되면서 조선총독부에서는 물리적 통치뿐만 아니라 정신적으로도 한반도 사람들을 정복할 필요성을 느꼈다. 이에 임나일본부를 적극적으로 부각시켜 과거 한반도를 일본이 통치한 적이 있었는데 세월이 지나 이것이 다시 재현되었을 뿐이라는 논리를 널리 퍼트리고자 한 것이다. 그런데 단순히 자국 역사서인 《일본서기》 기록만으로 이를 주장하면 설득에 한계가 있기에, 고고학적 결과물이 함께 등장한다면 좋겠다는 생각을 하게 되었지. 즉 가야 고분을 조사하여 고대 일본이 영향을 준 유물

을 찾는다면 '기록 + 유물'이 합쳐지며 엄청난 시너
지 효과가 나올 것이라 여긴 것.

이에 구로이타 가쓰미(黑板勝美, 1874~1946년)라
는 명망 높은 도쿄제국대학교 교수가 1915년 한반도
로 파견되어 조선총독부의 비호 속에 적극적인 유적
발굴조사에 나서게 된다.

> 《일본서기》에 따르면 일본의 직할지가 된 임나
> 일본부는 김해·함안에 있었다. 한국 병합은 곧 임
> 나일본부의 부활이다. 나는 그 일본부가 어디에 있
> 었는지 철저히 연구했다.
>
> <매일신보> 1915년 7월 24일

그는 본래 일본에서는 주로 고문서를 연구하는
인물이었으나 한반도에서는 고고학에서도 큰 영향
력을 남겼는데, 심지어 반드시 일본부의 흔적을 찾
아내겠다는 남다른 일념과 자신감으로 가득 찰 정도
였다. 고문서인 《일본서기》의 기록에 따르면 그렇게
나와 있었으니까. 그런데 이게 웬걸? 그가 조사한 가
야 고분에서는 한반도 유물이 주로 등장할 뿐 일본
유물은 거의 나오지 않은 것.

실제로 일본의 주장대로 3~4세기인 신공황후부
터 가야 지역을 일본이 행정구역을 둔 채 통치하였

다면 수백 년에 걸친 장악으로 인해 가야 유적지마다 일본 유물이 쏟아져 나와야 말이 되거든. 예를 들면 근대 시절 불과 일제강점기 35년 동안의 영향만으로도 한반도 곳곳에 일본 영향력이 깊게 남겨진 것을 보면 알 수 있지. 덕분에 독립 후 50여 년의 시간이 지난 시점에도 그 흔적은 한반도 곳곳에 남아 있었으며 21세기 들어와서야 어느 정도 극복된 상황이니까. 그런데 가야 고분은 이와 다른 결과를 보여주고 있었다. 비슷한 시점 다른 일본 학자들도 조선총독부의 비호 아래 가야 고분 조사에 적극 나섰지만 역시나 결과는 유사했다.

게다가 근현대 들어와 오히려 일본 내 고대 고분과 유적을 발굴조사하는 중 가야 유물이 곳곳에서 발견되는 상황마저 나타났으니, 글쎄? 이러면 반대 상황이 되고마는 건가? 그리고보니 일본 신화 중 가야의 분위기가 물씬 풍기는 것이 있는데, 갑자기 그 생각이 나는걸.

니니기 신화

이때 니니기가 말하길, "이곳은 카라쿠니(韓國, 가야의 또 다른 표현)를 향했고, 가사사(笠沙, 규슈 남서쪽 해안) 곳과도 바로 통하여 아침 해가 잘 비치는 나라, 석양이 잘 비치는 나라이다. 고로 이곳은 매우 좋은 곳이다."라 하며 그곳의 땅 밑 반석에 두터운 기둥을 세운 훌륭한 궁궐을 짓고 하늘을 향해 치기(千木)를 높이 올리고 그곳에서 살았다."

《고사기(古事記)》 니니기 신화

《고사기(古事記)》는 일본 고대신화와 천황 계보가 담긴 책으로 《일본서기》보다 조금 이른 712년에 완성되었다고 한다. 특히 편찬 과정에서 일본 내 여러 가문에서 내려오던 다양한 개성을 지닌 전승(傳承)을 모아 수정, 편집하여 천황을 중심으로 한 신화로 통일시켰다고 하는군. 나름 고대국가 완성을 위한 통일된 신화작업이라 하겠다.

그런데 《고사기》 중 '니니기 신화'는 오래 전부터 한국과 일본 학계에서 주목을 받았으니, 바로 위 문

오사카 고분에서 출토된 토기 가옥, 6세기 전반, 高槻市立今城塚古代
歷史館. 동그라미를 친 부분이 다름 아닌 치기(千木)다.

장 때문. 다름 아닌 니니기라는 인물이 지금의 일본
규슈 남부에다 자신의 거처를 정하는 과정에서 카라
쿠니(韓國), 즉 가야를 강조하고 있거든. 이곳이 가
야를 향한 땅이라 마음에 든다는 표현이 바로 그것.
그렇다면 니니기는 누구일까?

　《고사기》에 따르면 니니기는 천황의 직계선조이
자 태양의 여신 아마테라스(天照)의 손자다. 관련 이
야기는 다음과 같다. 어느 날 아마테라스의 명으로
인해 니니기는 지상으로 내려오게 되니, 이를 일본
에서는 소위 천손강림(天孫降臨)이라 부르지. 이때

니니기는 구슬, 거울, 칼로 구성된 삼종신기를 지닌 채 하늘에서 여러 신하를 거느리고 산으로 내려온다. 그곳은 구지후루타케(久土布流多氣)로 이 중 타케는 산봉우리를 뜻하기에 구지후루는 다름 아닌 산 이름이라 하겠다. 그러더니 위에 언급한 문장대로 이곳이 가야를 향한 땅이라 마음에 든다며 산 주변에 거처를 만든 후 지상을 통치하였다. 그러다 가사사의 곳에서 오오야마츠미(大山祇)의 딸과 만나 결혼하여 아들을 낳았는데, 그 아들의 손자가 다름 아닌 일본 1대 천황인 진무천황(神武天皇)이라 전한다.

한편 《고사기》와 달리 《일본서기》에서는 니니기가 하늘에서 보자기[眞床覆衾]에 감싼 채 내려왔다고 기록되어 있어 본래는 아기가 강보에 감싼 채 내려온 신화였으나, 《고사기》를 집필하며 성인으로 내려온 것으로 묘사하기 위해 이 부분을 과감히 빼버린 모양.

헌데 위 신화를 가만히 살펴보면 한반도의 단군 신화, 김수로왕 신화, 대가야 신화 등과 너무나 유사한 느낌이 들거든. 그런 만큼 한국인에게 매우 익숙한 스토리텔링이라 할까?

우선 단군 신화에서는 하늘을 지배하는 임금인 환인(桓因)이 자신의 아들 환웅을 지상으로 내려 보내며 권력자의 권위를 상징하는 천부인(天符印) 3개를 주었거든. 그리고 환웅은 여러 신하를 거느린 채 태백산정(太伯山頂) 아래 내려와 지상을 통치하면서 곰에서 인간이 된 웅녀(熊女)와 사이에 아들을 낳았으니, 그가 바로 단군왕검이다. 즉 하늘의 후손이 3개의 보물을 지닌 채 산 아래 지상으로 내려와 그 지역 토착세력과 결혼하여 아들을 낳아 고조선 시조가 시작되었다는 것. 어떤지? 그 틀이 니니기 신화와 거의 유사하지 않은가?

다음으로 김수로왕은 하늘에서 지상으로 보자기에 감싼 채 내려온 황금알에서 태어났는데, 이때 구지봉이라는 산으로 내려왔다고 한다. 한데 니니기가 내려온 구지후루라는 산 역시 구지 + 후루(火 또는 伐)가 합쳐진 용어로 이 중 후루는 벌판을 뜻하거든. 즉 '구지라 불리는 산 위의 평탄한 곳'을 의미한다고 하겠다. 이렇게 보니 이번에는 니니기 신화와 김수로의 구지봉 신화가 매우 유사한 틀을 보이고 있군.

마지막으로 대가야 시조 전설에 따르면 가야산신 정견모주는 천신인 이비가지에게 감응되어 대가야의 왕 뇌질주일과 금관국의 왕 뇌질청에 두 사람을 낳았다고 한다. 그런데 해당 신화 역시 하늘의 신과 토착 세력을 상징하는 산신과의 결합으로 시조가 태어났다는 것이 기본 스토리다. 이 역시 니니기 신화의 기본 틀과 유사하네.

이에 한일 학계에서는 《고사기》의 니니기 신화에 대해 단군 + 가야 신화에 영향을 받아 만들어진 것으로 해석하기도 한다. 즉 한반도에서 일본으로 건너간 이주 세력이 자신들에게 익숙한 단군 + 가야 신화를 바탕으로 새롭게 씨족 신화를 구성한 것이 니니기 신화라는 것. 게다가 해당 신화가 하늘 세계와 천황을 연결시키는 중간 단계의 내용일 정도로 일본 내에서도 남다른 대우를 받았기에 이를 바탕으로 일부에서는 천황가가 가야계에서 시작되었다는 적극적인 주장마저 등장하기에 이른다.

이와 같은 예시를 볼 때 만일 근대 일본이 정치적 의도를 다분히 지닌 채 고고학, 역사 기록을 사실상 원하는 답을 정해놓고 해석하려던 모습을 만일 우리가 그대로 보여준다면 글쎄? 고대사 부분 해석에 있어 일본이 한반도보다 더 유리할 것은 없어 보이는군. 뭐. 그렇다는 거.

그럼 버스에서 나머지 시간은 휴식을 취하며 이동해야겠다. 낮잠 좀 자야겠거든. 더 이상 눈이 감기는 것을 못 버티겠다. 아침부터 바쁜 여행을 이어가다 보니 피곤한가보다. 많이 걸어서 그런지 장단지도 아파오네.

10. 창녕 고분과 진흥왕척경비

대가야와 신라 모두에게 중요했던 창녕

잠시 눈을 붙이고 일어나자 어느새 버스는 창녕군 도로를 달리고 있다. 창녕은 과거 인구가 15만에 이른 적도 있으나, 지금은 5만 명을 넘는 수준을 유지하는 중. 아무래도 근현대 들어와 대도시나 수도권으로 인구가 대거 이동한 결과가 아닐까? 이번 가야 고분 여행에서 유독 이런 분위기를 잘 느낄 수 있네. 34만 인구를 지닌 진주를 제외하면 대부분 군 규모의 지역을 많이 다니고 있으니 말이지. 오, 맞다. 창녕에 와서 그런지 갑자기 부곡하와이가 생각난다. 어릴 적 부산에서 사촌들과 함께 온천을 즐기러 온 기억이 새록새록 나는걸.

그런데 창녕은 행정구역상 경상남도이지만 거리상으로는 대구와 무척 가깝다. 약 35㎞ 북동쪽에 대구가 위치하고 있거든. 게다가 고령은 30㎞ 북서쪽에 위치하고 있지. 삼국시대 눈으로 바라본다면 신라 영역인 대구와 대가야 수도인 고령의 딱 중간지점이로군. 특히 낙동강을 기준으로 동쪽은 신라, 서쪽은 대가야가 위치하고 있었는데, 마침 창녕 바로 서쪽

(왼쪽) 창녕 계성 A지구 1호분 출토 대가야 금 귀걸이, 국립중앙박물관. 보물 2044호에 지정된 합천 옥전 M4호분 금 귀걸이와 거의 같은 모양이다. (오른쪽) 창녕 교동Ⅰ지구 10호분 출토 대가야 용 봉황 장식 고리자루 큰 칼. 국립중앙박물관. 대가야 지역에서 출토된 용 봉황 장식 고리자루 큰 칼과 동일한 디자인이다.

편으로 낙동강이 흐르고 있다. 그런 만큼 낙동강 장악을 위하여 대가야, 신라 모두 창녕을 중요하게 여길 수밖에.

그래서일까? 신라에서는 4~5세기를 거치며 세력이 커지자 이곳을 자신의 영향력 아래에 두고자 부단히 노력하였다. 덕분에 창녕에 위치한 비화가야는 가야의 여러 소국 중 하나로 시작했지만, 5세기 후반 들어오면서 점차 신라 영향력이 깊어졌지. 그런 만큼 창녕 고분에서는 신라 금 세공품이나 금동관, 은으로 만든 허리띠 등이 출토되기도 했다. 당연하게도 대가야 역시 창녕에 큰 관심을 두었기에 대가야를 대표하는 용 봉황 장식 고리자루 큰 칼이나 금 귀걸이 등이 창녕 고분에서 발견되었거든. 그럼에도 불구하고 시간이 지나며 창녕 지역이 신라로 점차 저울추가 움직이는 것을 막지 못했다.

음, 역에 도착하여 버스에서 내린다. 그런데 창녕 시외버스터미널 시간표를 보아하니 오후 6시 30분에 서울 가는 버스가 있구나. 그렇다면 약 2시간 정도만 창녕을 구경한 후 저 버스를 타고 서울로 가야겠군. 그래야 밤늦게라도 집이 위치한 안양에 도착할 수 있거든. 마음이 급해지네. 만일을 대비하여 키오스크에서 서울행 버스 티켓부터 구입. 이제 떠날 시간은 정해졌다. 한정된 시간 내에 최대한 구경할 수밖에 없구나.

준비가 다 끝난 만큼 터미널 밖으로 나가 택시를 탄다. "창녕박물관으로 가주세요." 참고로 창녕에는 국보 2점, 보물 13점을 비롯한 여러 문화재가 이곳저곳에 존재하고 있다는 사실. 은근 문화재 부자라 놀랐지? 그래서 유적지 방문을 좋아하는 사람들은 창녕을 "미니 경주"라 부를 정도다. 다만 시간문제로 아쉽지만 오늘은 이들 유적을 다 보기는 어려울 듯. 뭐. 다음에 또 오면 되니까. 그때는 시간적으로 여유 있게 방문해야지.

창녕박물관과 고분

　창녕박물관에 금방 도착했다. 이곳은 주로 창녕 고분에서 출토된 유물을 전시, 보관하는 장소로서 다른 가야 지역 박물관처럼 바로 옆 산 능선을 따라 고분이 자리 잡고 있어 멋진 광경을 보여주고 있다. 참고로 창녕에는 여러 고분군이 있지만 그중에서도 크게 1. 교동 고분군, 2. 송현동 고분군, 3. 계성 고분군 등이 있거든. 이 중 박물관 주변으로는 교동 고분군이 위치하고 있으며, 박물관 동남쪽으로 550m 정도 이동하면 송현동 고분군이 있다. 반면 계성 고분군은 남으로 7㎞ 정도 내려가야 만날 수 있어 꽤 거리가 있는 편. 그 거리 때문에 나는 창녕 읍내에 위치한 두 고분군과 달리 한 번도 계성 고분군을 가본 적이 없다. 가까운 미래에는 어떤 방식으로든 반드시 가봐야겠구나.

　한편 창녕박물관은 1997년 개관하여 꽤 이른 시점에 열린 가야 박물관으로 비화가야, 다른 용어로 비화국이라 부르기도 하는 창녕의 고대국가가 잘 설명되어 있다. 안에 들어서자 유독 아이들과 함께 온

창녕박물관과 교동 고분군. 고분과 박물관이 함께하는 전경이 아름답다. ©Hwang Yoon

가족들이 많이 보이네. 이처럼 학교 교육과정이 아닌 아빠, 엄마와 함께 놀러오는 느낌으로 박물관을 방문하다보면 박물관에 대한 친밀도가 더욱 높아지지 않을까? 그렇게 박물관과 친밀해진 아이는 커서도 박물관을 자연스럽게 다니며 문화를 즐기는 사람이 될 테고. 참으로 아름다운 일.

그럼 어서어서 박물관 전시를 돌아보자.

창녕식 토기를 통해 과거 비자국 영역을 그려보고, 창녕 송현리 15호분에서 순장된 여인을 복원한 모습도 살펴본다. 흥미롭게도 복원한 순장된 여인을

창녕박물관에는 창녕 지역에서 출토된 토기가 전시 중이다.
©Hwang Yoon

"가야 소녀 송현이"라 이름 붙였는데, 조사 결과 순장 당시 나이는 15세이며, 키는 153㎝ 정도였다고 하는군. 박물관 설명에 따르면 송현이는 15호분 순장자 4명 중 뼈가 가장 잘 보존되어 있었다고 한다. 그래서 복원에 도전해본 모양.

한편 창녕 고분 또한 일제강점기 시절 조선총독부의 비호 아래 여러 일본인 학자가 발굴조사에 나섰으며, 그 과정에서 극심한 도굴 피해마저 경험하였다. 그 결과 상당량의 출토유물이 뿔뿔이 흩어졌는데, 이 중에는 일본으로 건너간 경우도 많은 듯하다. 예전에 도쿄국립박물관 동양관을 방문했을 때 유독 창녕 출토라는 표기가 붙어 있는 한반도 유물이 많이 보였거든. 이곳 창녕박물관에는 그렇게 일본으로 유출된 중요 유물을 일부 복제하여 보여주고 있구나. 힘이 없는 시대가 만든 안타까운 모습이로군.

그렇게 전시를 보다 창녕 진흥왕 척경비 복제품을 만났다. 쏘는 빛 때문인지 복제된 비석의 글자가 계속 변하는데, 1. 새겨진 글을 보여주었다가, 2. 다음으로 해석을 보여주고 3. 마지막으로는 척경비가 지닌 의미를 알려주고 있군. 오호! 아이디어가 참 신박하네. 마침 오늘 여행에서 진품을 볼 예정이라, 관련 설명은 그때 이어가기로 할까?

박물관 전시를 쭉 보고 밖으로 나왔다. 박물관 옆에 '계성 고분 이전 복원관'이라는 장소가 있다. 명칭 그대로 창녕 계성 고분 중 하나를 그대로 옮겨 복원했다는 사실. 건물 외부는 유리 돔으로 되어 있으며 내부에는 고분이 자리 잡고 있으니, 들어가보자.

창녕 진흥왕 척경비 복제품. 창녕박물관. 원문과 해석문을 빛으로 쏘아 보여주고 있다. ⓒHwang Yoon

오호! 아예 고분 하나를 이전 복원한 만큼 현실감 있는 분위기가 일품이네. 무엇보다 창녕읍에서 계성 고분까지 거리가 상당하여 방문하기 힘든 만큼 이런 방식으로 계성 고분을 볼 수 있어 감사할 뿐. 해당 고

계성 고분 이전 복원관 전경과 내부. ⓒHwang Yoon

분은 창녕 계성 Ⅱ지구 1호분으로 6세기 초반 정도
에 축조되었고 한다. 그런데 이곳에서 다름 아닌 신
라계 유물이 출토되어 남다른 의미가 부여되었지.
금 귀걸이 등이 바로 그것.

이와 유사하게 창녕 고분에는 금동관 등 유독 신
라 유물이 많이 출토되었으니, 그만큼 신라가 얼마
나 큰 관심을 보였는지 알 수 있군. 기록이 부족하여
학자들마다 의견이 조금씩 다르지만, 6세기 초반 어
느 시점부터 창녕의 비자국은 신라로 편입된 것으로
추정하고 있다. 다만 대가야 또는 아라가야처럼 오

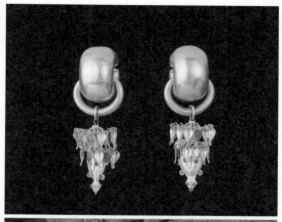

(위) 창녕 계성 II지구 1호분에서 출토된 신라 금 귀걸이, 국립김해박물관. (아래) 창녕 교동 63호분에서 출토된 신라식 금동관, 창녕박물관.

랜 기간 신라와 경쟁하고 대립하던 관계는 아니었기에 평화적인 방식으로 자연스럽게 신라 영역이 된 것으로 판단 중.

진흥왕척경비를 찾아서

박물관 주변 고분을 따라 많은 사람들이 고분 여행을 즐기고 있다. 아무래도 이번에 방문한 여러 고분들 중 구경하기 가장 좋은 조건을 지닌 것 같군. 어린 아이도 구경할 만큼 적당한 경사를 지닌 능선과 산책하듯 어느 정도 시간을 투자하면 구경할 수 있는 적당한 규모, 게다가 읍 중심지와도 꽤 가까워 위치마저 적당히 좋거든. 그래서인지 몰라도 관광객 대부분이 성인이었던 다른 고분들과 달리 가족과 함께하는 미취학 어린이가 유독 많이 보이는걸.

하지만 오늘은 시간이 없는 관계로 교동 고분군 일부만 돌아보며 대략 고분의 고즈넉한 분위기만 눈으로 즐길 예정이다. 오호, 고분 쪽에서 바라본 창녕 박물관 분위기가 참 멋진걸. 그럼 다음 목표를 향해 빠른 걸음으로 걸어가야겠다. 박물관에서 남쪽으로 약 10여 분 정도 걸어가면 국보로 지정된 창녕신라 진흥왕척경비(昌寧新羅眞興王拓境碑)를 만날 수 있으니까. 창녕에 위치한 두 개의 국보 중 하나라 하겠다. 참고로 척경이란 넓히다, 확장하다를 뜻하는 척

창녕 진흥왕척경비가 발견된 장소를 표시해두었다. ⓒHwang Yoon

(拓)과 국경 또는 경계를 뜻하는 경(境)을 합친 것으로 국경을 확장했다는 의미를 지니고 있지. 명칭을 통해 진흥왕이 신라 영역을 확장한 것을 기념하여 세운 비석임을 알 수 있군.

다만 진흥왕척경비의 본래 위치는 창녕읍 말흘리 85-4번지로 지금의 창녕여중고 병설 유치원 담장 바로 옆이었으나, 지금은 서쪽으로 160m 정도에 위치한 만옥정공원(萬玉亭公園) 내부로 옮겨진 상황이다. 듣자하니, 1914년에 소풍 나온 창녕 보통학교의 학생에 의해 발견된 후 1924년 현재의 자리로 옮겼

창녕 교동 고분군 ©Park Jonghwi

다고 하는군. 시대를 보면 알 수 있듯 일제강점기 시절 이야기다. 아 참, 그리고 본래 비석이 위치했던 자리에도 이곳에 원래 진흥왕척경비가 있었다고 표식을 해두었으니 우선 그곳부터 가볼 예정.

그럼 이 김에 이동하면서 진흥왕에 대한 이야기를 해볼까?

> 진흥왕이 왕위에 올랐다. 이름은 삼맥종(彡麥宗)이고, 이때 나이가 일곱 살이었다. 법흥왕의 동생인 갈문왕(葛文王) 입종(立宗)의 아들이고, 어머니는 부인(夫人) 김씨(金氏)로서 법흥왕의 딸이며, 왕비는 박씨(朴氏) 사도부인(思道夫人)이다. 왕이 어렸으므로 왕태후(王太后)가 섭정하였다.
>
> 《삼국사기》 신라본기 진흥왕 원년(540) 7월

법흥왕의 조카인 진흥왕은 534년 태어나 540년에 왕이 되었다. 나이가 불과 7세에 불과했기에 왕태후가 섭정하였는데, 이때 왕후로부터 상당한 실권을 부여받은 이가 다름 아닌 "한국을 빛낸 100명의 위인들"과 "독도는 우리 땅" 노래에 등장하여 우리에게 꽤 익숙한 이사부였지. 마침 당시 이사부는 원숙한 50대 나이로서 수많은 전장에서 공을 세운 남다른 경력을 지니고 있었거든. 예를 들면 512년 지금의 울릉도인 우산국을 정복했으며, 529년에는 금관가야 공략에 나서 큰 피해를 주었다. 그 결과 532년 들어와 금관가야는 더 이상의 저항을 포기하고 신라에 항복하고 말았다.

게다가 이사부는 진흥왕 즉위 2년차에 지금의 국방장관 위치인 병부령에 취임하였는데, 신라 군권을 총괄하는 엄청난 자리였다. 이를 바탕으로 그는 545~550년 동안 소백산맥을 넘어 한강 상류까지 신라 영역을 확장시켰으며, 이 과정 중 충청북도 단양군 적성산성에 단양신라적성비가 세워졌다. 이 역시 국보 유물로서, 아~ 맞다, 여행 초반 해인사에서 대가야 마지막 왕인 도설지와 금관가야 마지막 왕의 아들인 김무력의 이름이 등장하는 비석으로 언급했던 기억이 나는걸.

> 연호를 개국(開國)으로 바꾸었다.
>
> 《삼국사기》 신라본기 진흥왕 12년(551) 1월

시간이 흘러 551년 진흥왕이 18세가 되면서 오랜 왕후의 섭정은 끝났다. 이로서 진흥왕의 친정이 시작되었으니, 사실상 이 시점부터 진정한 신라 왕이 된 것. 이를 기념하여 신라 연호를 개국이라 변경하였으며 이는 곧 나라를 새롭게 연다는 의미를 가지고 있었다. 이렇듯 신라가 이때만 하더라도 중국 연호가 아닌 독자적인 연호를 쓰고 있었음을 알 수 있군.

> 왕이 순행하다가 낭성(娘城, 충주)에 이르러 우륵(于勒)과 그의 제자 이문(尼文)이 음악에 정통하다는 말을 듣고, 특별히 그들을 불렀다. 왕이 하림궁(河臨宮, 충주에 위치한 행궁)에 머무르며 음악을 연주하게 하였는데, 두 사람이 각각 새로운 노래를 지어 연주하였다. 이보다 앞서 가야국(加耶國, 대가야) 가실왕(嘉悉王)이 12줄 현금을 만들었는데, 열두 달의 음률을 본 뜬 것이다. 이에 우륵에 명하여 곡을 만들도록 하였으나, 그 나라가 어지러워짐에 따라 악기를 가지고 우리에게 의탁하였다. 그 악기의 이름은 가야금(加耶琴)이다.

> 《삼국사기》 신라본기 진흥왕12년(551) 3월

친정을 시작함과 동시에 진흥왕은 근래 신라 영토가 된 충주 지역을 직접 둘러보았으니 이때부터 본격적인 그의 순행 본능이 시작된다. 진흥왕은 유독 새로이 신라가 장악한 지역을 본인이 직접 방문하곤 했었는데, 그 과정에서 이를 기념하는 비석이 여럿 세워졌거든. 창녕 진흥왕 척경비를 포함하여 북한산 진흥왕 순수비, 황초령 진흥왕 순수비, 마운령 진흥왕 순수비가 바로 그것. 가만 생각해보니, 학창시절 시험에 자주 나오는 내용이었구나. 하하. 역시 가능한 한 세상에 뭔가를 많이 남겨두어야 후손들의 기억에도 오래 남는 듯하다. 예를 들면 비석이든 책이든 건축물이든.

그렇게 친정을 시작한 18세의 진흥왕은 소백산맥을 넘어 충주를 방문하는 도중 가야금으로 유명한 우륵을 만나게 되는데. 어이쿠, 우륵 이야기는 조금 이따 이어가야겠다. 이제부터 창녕 진흥왕척경비가 본래 위치한 곳을 찾아야 해서 말이지.

대가야 멸망 직전

자연석 그대로인 창녕 진흥왕척경비 뒷면.

창녕 진흥왕척경비가 본래 위치한 장소는 미로 같은 주택가 길을 따라 안으로 쭉 들어가다보면 만날 수 있다. 중간에 길을 놓쳤지만 다행히도 마침 동네 할머니의 도움을 받아 찾을 수 있었네. 빙빙 돌며 조금 고생했지만 드디어 본래 비석이 위치했다는 표식을 발견하였다. 나름 높은 지대인 이곳에서 주변을 바라보자 저 멀리 교동 고분이 보이는군. 이곳이 다름 아닌 과거 진흥왕이 행차한 장소였다니, 묘한 기분이 느껴지는걸. 진흥왕도 지금의 나처럼 한때 이곳에서 주변을 바라보았다는 의미이니까.

다음으로 비석이 옮겨진 곳을 향해 이동한다. 바로 근처라 그리 멀지 않은데, 서쪽으로 조금 이동하자 높은 언덕 위에 기와로 된 비각이 당당히 서 있군. 바로 저 비각 안으로 창녕 진흥왕척경비가 자리 잡고 있거든.

만옥정공원(萬玉亭公園)으로 들어서서 비각을 향해 빠른 걸음으로 이동. 비석의 높이는 178㎝이고 너비는 175㎝이며 두께는 30~51㎝ 정도다. 자세히 살펴

창녕 진흥왕척경비 앞면. ©Park Jongmoo

보니, 괜찮은 크기의 자연석을 구하여 글자를 새길 앞쪽 면만 다듬은 후 테두리 선 안으로 글을 남겼군. 그래서 앞면으로는 글자가 희미하게 보이지만 뒷면은 자연석 모습을 그대로 지니고 있지. 4면 모두 잘 다듬어진 일반 비석과 달리 앞뒤가 다른 묘한 매력을 준다고나 할까? 이는 자연석을 최소한 가공하여 활용한 고구려 비석 문화에 영향 받은 것으로 6세기 전후 신라 비석 대부분이 이처럼 자연석을 최소한으로 다듬은 후 비석으로 사용했다.

비석 주변으로는 친절하게도 패널을 통해 판독문

과 해석을 동시에 보여주고 있다. 오랜 세월을 거치며 글 중 일부분이 풍화로 사라졌지만 그럼에도 불구하고 남은 글을 바탕으로 한 해석을 읽어보며 당시 신라의 모습을 그려볼 수 있구나.

신사년(親巳年) 2월 1일에 세웠다. 과인은 어려서 제위에 올라 나랏일을 도와주는 신하에게 맡겼다. … 일의 끝에 … 사방으로 … 토지가 협소하였으나, … 이득을 취하고 수풀을 제거하여 … 토지와 강역, 산림은 …"

창녕 신라진흥왕척경비

글은 이렇게 시작되는데, 중간 중간 풍화로 사라진 부분이 있어 문장의 100% 의미는 알 수 없다. 다만 신사년(親巳年)이라는 분명한 시점을 통해 비석이 세워진 시기가 561년 2월 1일임을 알 수 있었지. 한편 진흥왕이 말하길 어려서 제위에 올라 나랏일을 도와주는 신하에게 맡겼다고 하는데. 이 부분은 이사부 등이 진흥왕을 보필한 내용이 아닐까 싶군.

그 뒤의 내용은 글자가 많이 사라졌으나 아무래도 진흥왕 즉위 후 영토가 크게 확장된 내용을 묘사한 듯하다. 대략 "그동안 신라의 토지가 협소하여 농경지나 주거지로 활용할 장소가 부족하였으나 이익을 취하고자 수풀을 제거하여 토지를 개척하면서 강역 내 토지와 산림이 구분되기 시작하였다."가 아니었을까?

영토를 확장하고 토지를 개척했음을 밝힌 진흥왕의 문장 뒤로는 이번 순행을 진흥왕과 함께 한 신하들이 약 40명 가량 등장한다. 중앙관리와 군 지휘관, 지방관리, 재지세력 등이 그들. 그런데 이들 중 사훼의 무력지(另力智) 잡간(迊干), 사훼의 도설지(都設智) 사척간(沙尺干) 등이 중간에 보이는걸. 이는 곧 경주 6부 중 사훼에 속한 무력지는 3등 관등인 잡간이며, 경주 6부 중 사훼에 속한 도설지는 8등 관등인 사척간이라는 의미다. 눈치 빠른 분은 벌써 알아차렸겠지만, 무력지 = 김무력으로 금관가야 마지막 왕인 김구해의 아들이자 김유신의 할아버지다. 마찬가지로 도설지 = 월광태자이자 대가야 마지막 왕이지.

이것을 550년 경 세워진 단양 신라적성비 내용과 비교해보면

군주(軍主) 사훼부 무력지(武力智) 아간지(阿干支), / 추문촌(鄒文村) 당주(幢主) 사훼부 도설지(導設智) 급간지(及干支)

단양 신라적성비 550년 경

이니까 약 10여 년의 기간 동안 김무력의 경우 6등 관등인 아간지(阿干支, 6등 관등)에서 무려 3등 관등인 잡간(迊干)으로 크게 승진한 반면, 도설지는 9등 관등인 급간지(及干支)에서 8등 관등인 사척간(沙尺干)으로 불과 1단계 승진했음을 알 수 있군. 이처럼 김무력의 관등이 크게 상승한 이유는 다름 아닌 그의 병력이 관산성 전투에서 백제 성왕을 사로잡아 목을 벴기 때문이다. 실로 어마어마한 공이었지. 이에 금관가야 출신임에도 불구하고 엄청난 승진을 보여준 듯싶다. 반면 대가야 출신 도설지는 김무력 같은 큰 공을 세우진 못했나보다.

> 비사벌(比斯伐, 창녕)에 완산주(完山州)를 설치하였다.
>
> 《삼국사기》 신라본기 진흥왕 16년(555) 1월

아. 그런데 계산해보니까, 창녕에 비석이 세워질 때 진흥왕의 경우 친정을 시작한 지 딱 10년째인 28세 나이였구나. 마침 이 시기는 553년 들어와 신라가 한강 상, 하류를 모두 장악한 데다, 가야를 두고 대립하던 백제의 성왕마저 554년 신라와의 전투 중 전사하였기에 더 이상 두려울 것이 없던 시점이기도 했다.

이에 성왕이 전사한 직후인 555년 들어와 신라는 창녕에 행정구역인 주(州)를 설치하고 관료를 파견하면서 직접지배를 시작하였다. 이는 곧 사실상 낙동강 바로 앞에 대놓고 대가야를 장악하기 위한 전진기지를 세웠음을 의미했지. 그리고 561년이 되자 어느 정도 가야를 공략할 준비가 완료되었다고 여겨 새로 확보한 영토를 둘러본다는 핑계로 진흥왕이 직접 여러 고위 신하를 거느리고 자신만만하게 대가야 바로 근처에 위치한 창녕까지 행차했던 것.

　참고로 561년 시점 신라가 비사벌에 보낸 관리 이름도 창녕 진흥왕척경비에 등장한다는 사실. "비자벌군주(比子伐軍主)는 사훼의 등▨▨지(졻▨▨智) 사척간(沙尺干)"이라는 부분이 바로 그것이다. 해석하면 "비사벌에 군주로 파견된 경주 6부 중 사훼부에 속한 등▨▨지는 8등 관등인 사척간(沙尺干)이었다."라는 의미를 지니고 있거든. 이렇듯 안타깝게도 글자가 풍화로 사라져 당시 창녕에 파견된 관리 이름은 등▨▨지밖에 확인이 안 되는군. 하지만 당시 등▨▨지라는 이름의 인물은 신라의 대가야 정복 준비를 위해 창녕에서 참으로 바쁜 나날을 보내고 있었을 것이다. 창녕에 비석이 세워진 직후인 562년, 대가야는 결국 신라에 의해 멸망하고 말았으니까. 불과 1여 년 뒤의 일이었지.

대가야와 가야 연맹 멸망

비석을 충분히 감상했으니 다음 목적지를 향해 이동해볼까?

마침 창녕에는 국보 및 보물로 지정된 3층 석탑이 있는데, 각각 국보로 지정된 '창녕 술정리 동 삼층석탑'과 보물로 지정된 '창녕 술정리 서 삼층석탑'이 바로 그 주인공. 신라 3층 석탑 중에서 손에 꼽힐 만큼 매우 빼어난 자태로 유명하기에 창녕을 방문한다면 가능한 만나볼 것을 추천한다. 그럼 창녕진흥왕척경비로부터 서쪽으로 700m 위치에 동 삼층석탑이 있으므로 나 역시 이동해서 오랜만에 탑을 감상해야겠다. 걸어서 약 10분 정도 걸리겠구나.

그렇게 창녕 읍내 길을 따라 이동하니 슬슬 대가야 멸망 이야기를 해야 할 때가 온 것 같다. 그럼 대가야의 마지막 모습에 대한 기록부터 살펴봐야겠군.

신라가 임라관가(任那官家)를 공격하여 멸망시켰다. 어떤 책에서는 21년(560)에 임나가 멸망하였다고 한다. 통틀어 말하면 임라(任那)이고, 개별적으로 말하면 가라국(加羅國), 안라국(安羅國), 사이기국(斯二岐國), 다라국(多羅國), 졸마국(卒麻國), 고차국(古嵯國) 자타국(子他國), 산반하국(散半下國), 걸손국(乞湌國), 임례국(稔禮國) 등 모두 열 나라이다.

《일본서기》 긴메이 천황 23년(562) 1월

가야가 배반하였으므로 왕이 명하여 이사부에게 토벌하게 하고, 사다함에게 그를 보좌하도록 하였다. 사다함이 5000명의 기병을 거느리고 먼저 전단문(栴檀門, 대가야 왕성의 문)으로 달려 들어가 흰색 깃발을 세우니, 성 안의 사람들이 두려워 어찌할 바를 몰랐다. 이사부가 군사를 이끌고 다다르자, 일시에 모두 항복하였다. 전공을 논함에 사다함이 으뜸이었으므로, 왕이 좋은 땅과 사로잡은 200명을 상으로 주었으나 사다함이 세 번 사양하였다. 왕이 강권하니, 이에 받은 노비는 풀어주어 양인(良人)으로 삼고, 토지는 나누어서 군사들에게 주었다. 나라 사람들이 이를 아름답게 여겼다.

《삼국사기》 신라본기 진흥왕 23년(562) 9월

《일본서기》에 따르면 562년 1월, 《삼국사기》에 따르면 562년 9월, 그렇게 대가야는 멸망하였다.

다만 《삼국사기》에 따르면 가야가 신라를 배반하였다는 표현이 있어 흥미롭네. 이를 미루어 볼 때 554년 성왕이 전사한 후 백제의 영향력이 급속도로 사라지자, 가야 연맹은 신라에 순응하는 조건으로 한동안 독립을 유지했던 모양이다. 하지만 모종의 사건으로 가야와 신라 간 대립이 다시금 만들어지자 진흥왕은 이번 기회에 이사부에게 병력을 맡겨 아예 가야를 멸망시킨 것이지. 게다가 《일본서기》 기록을 볼 때 이 시점 대가야뿐만 아니라 상당수의 가야 연맹이 신라의 공격과 함께 동시다발로 붕괴되었으니, 이로써 가야 영역 거의 대부분은 신라 영토가 되고 말았다. 그렇다면 562년은 사실상 대가야를 포함한 가야 연맹 전체의 멸망이라 볼 수 있겠군.

완산주(完山州, 창녕)를 폐하고, 대야주(大耶州, 합천)를 설치하였다.

《삼국사기》 신라본기 진흥왕 26년(565) 9월

얼마 뒤 대가야에는 신라 피가 섞인 도설지가 신라에 의해 허수아비 대가야 왕으로 올랐다. 그가 바로 대가야 마지막 왕인 도설지왕이었지. 하지만 신라의 가야 지역에 대한 장악력이 충분해지자 퇴위당하면서 대가야와 함께 마지막 왕마저 역사 속으로 완전히 사라졌다. 아무래도 그 시점은 대략 신라가 창녕에서 합천으로 주(州)를 옮긴 직후가 아닐까 싶군. 행정구역을 대가야 내에 설치한 만큼 이제부터는 신라가 가야 영역에 대해 직접 통치를 시작하겠다는 의미였으니까.

가야 음악

국보인 창녕 술정리 동 삼층석탑이 저기 보인다. 가까이 다가가서 바라보니, 탑 가장 윗부분의 상륜 부재는 오랜 세월을 거치며 이미 사라졌지만 그럼에도 불구하고 여전히 5.7m의 당당한 높이를 자랑하고 있구나. 탑이 지닌 수려하면서도 정교한 디자인을 볼 때 통일신라 말이나 고려 초 들어와 지방에서 모방하여 만든 삼층석탑 수준이 아니라 통일신라 전성기인 8세기 시점 경주에서도 최고 수준의 기술자가 파견되어 제작된 것으로 추정하고 있다. 그런 만큼 미감에서도 불국사 석가탑과 비견될 정도로 높은 평가를 받는 중.

대충 계산해보니까 탑이 제작될 당시 창녕은 완전한 신라 영역이 된 지 약 200여 년 정도 된 시점이었겠군. 그런데 삼층석탑이 경주 감은사에서 처음 등장한 이후 지방으로 점차 확장되며 퍼져나간 것과 반대로 가야 음악은 오히려 점령국인 신라에서 궁중 음악으로 적극 수용하여 연주되었거든. 그럼 탑 감상을 끝내고 버스 정류장으로 걸어가면서 아까 이야

창녕 술정리 동 삼층석탑, 국보. ©Hwang Yoon

기하다가 멈춘 우륵 이야기를 마저 이어가보자.

우륵이 지은 12곡은 첫째 하가라도(下加羅都, 김해), 둘째 상가라도(上加羅都, 고령), 셋째 보기(寶伎), 넷째 달이(達已, 여수), 다섯째 사물(思勿, 사천), 여섯째 물혜(勿慧, 광양), 일곱째 하기물(下奇物, 장수), 여덟째 사자기(師子伎), 아홉째 거열(居烈, 거창), 열째 사팔혜(沙八兮, 합천), 열한째 이사(爾赦, 의령), 열두째 상기물(上奇物, 남원)이다.

《삼국사기》 잡지 음악

한때 우륵은 대가야의 가실왕 명에 따라 12곡을 지었는데, 이는 가야금이라는 악기를 기반으로 한 음악이었다. 이 중 여러 개의 공을 돌리는 기예 때 연주하는 보기(寶伎)와 사자탈을 쓰고 춤출 때 연주하는 사자기(師子伎)를 제외한 나머지 10곡은 지역을 상징하는 음악이었다는 사실. 각각 김해, 고령, 여수, 사천, 광양, 장수, 거창, 합천, 의령, 남원 등으로 이들은 다름 아닌 전성기 시절 대가야 영역이었지. 즉 가실왕은 가야 내 여러 지역의 음악을 가야금 곡조로 정리함으로써 대가야 중심의 통일된 체제를 상징적으로 보여주고자 했던 것이다.

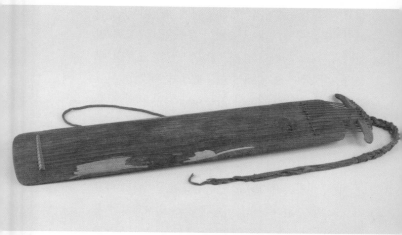

일본 정창원에 소장 중인 신라금(新羅琴). 학계에서는 통일신라 시대 때 제작된 가야금으로 보고 있다. 일본 정창원, shoshin.kunaicho.go.jp

후에 우륵이 나라가 어지러워져 악기를 가지고 신라 진흥왕(眞興王)에게 귀부하였다. 왕이 받아들여서 국원(國原, 충주)에 편안히 두었다.

《삼국사기》 잡지 음악

그러나 대가야가 내부적으로 혼란기를 겪자 우륵은 가야금을 지닌 채 신라로 망명한다. 진흥왕은 그를 특별히 충주에서 살도록 하였는데, 551년에는 충주에 위치한 행궁인 하림궁(河臨宮)에서 왕이 직접 우륵을 만나기도 했었지. 진흥왕은 우륵의 음악을 듣고 나름 감동했는지 552년 음악에 재능이 있는 신라인 3명을 우륵에게 보내 가야 음악을 배우도록 명한다. 그리고 시간이 흘러 이들은 우륵으로부터 배운 음악을 진흥왕 앞에서 선보였으니, 정확한 시점은 기록되어 있지 않으나 아무래도 가야 멸망 직후가 아닐까 싶군.

"세 명이 이미 12곡을 전해 받고 서로 일러 말하기를 '이것은 번다하고 또 음란해서 우아하고 바르다고 할 수 없다' 하고, 마침내 5곡으로 요약하였다. 우륵이 처음 듣고 화를 냈지만 그 다섯 곡의 음을 듣고 눈물을 흘리면서 탄식하여 말하기를 '즐거움이 넘치지 않고, 애절하면서 슬프지 않으니, 가히 바르다고 할 수 있다. 너희는 왕의 앞에서 그것을 연주하라' 하였다. 왕이 듣고 크게 즐거워하였다.

신하가 의논하여 아뢰기를 '가야에서 나라를 망친 음악이니 취할 것이 못됩니다' 하니 왕이 말하기를 '가야 왕이 음란하여 자멸한 것이지 음악이 무슨 죄가 있는가. 대개 성인이 음악을 제정하는 것은 인정에 연유하여 법도를 따르도록 하게 한 것이니, 나라의 다스려짐과 어지러움은 음악의 곡조로 말미암은 것이 아니다' 하였다. 마침내 그 곡을 연주하게 하고, 대악(大樂)으로 삼았다."고 기록되어 있다.

　이때 우륵의 제자가 된 신라인 3명은 스승이 작곡
한 12곡을 5곡으로 요약하여 진흥왕 앞에서 연주하
였다. 아무래도 신라인 기준에 따라 곡조를 재정리
할 필요성이 있었던 모양. 이렇게 정리된 음악을 진
흥왕 앞에서 연주하자 왕은 매우 만족하였다. 그러
자 가야 음악이 소위 나라를 망친 음악이라며 신하
들이 부정적 의견을 보였는데, 진흥왕은 나라의 어
지러움은 음악의 문제가 아니라며 단호하게 선을 긋
는다. 그러곤 오히려 가야 음악을 신라 대악, 즉 궁중
음악으로 삼아버렸지.

　물론 진흥왕이 이렇듯 가야 음악에 관심이 컸던
이유는 아름다운 음악이 지닌 감동을 넘어 정치적
목적이 컸기 때문이다. 과거 대가야의 가실왕이 음
악을 통해 가야를 통합하려 했던 것처럼 음악을 이
용하여 신라와 가야 간 거리를 줄이고자 한 것이니
까. 물론 음악 이외에도 신라는 국가제사 중 중사(中
祀)에 대가야 시조의 어머니인 정견모주를 모시도록
했으며, 가야 사람들에게 적극적으로 신라 관직을
주어 포섭하기도 하였다. 뿐만 아니라 국가기술자를
파견하여 뛰어난 미감의 삼층석탑을 세우기도 했지.
이는 곧 비록 가야라는 나라는 사라졌지만 그들의

문화는 신라 안에서 인정받으며 면면히 이어졌음을 알려준다.

열심히 걷다보니, 어느덧 시외버스터미널 가까이 왔구나. 그런데 버스 출발까지 남은 시간이 겨우 15여 분뿐이라 보물인 창녕 술정리 서 삼층석탑은 방문하지 못할 듯싶다. 창녕 시외버스터미널에서 남서쪽으로 겨우 200m 거리에 있는데 무척 아쉽군. 뭐 어쩔 수 없지. 다음에 만날 수밖에.

이번 가야 고분 여행은 이 정도에서 마무리할까? 피곤해서 그런지 버스를 타자마자 곧바로 잘 것 같다. 하하. 그럼 다음 여행에서 새로운 주제로 다시 만나요~

에필로그

우리에게 무척 익숙한 삼국시대는 고구려, 백제, 신라 이렇게 삼국을 중심으로 만든 명칭이다. 그러나 단지 삼국이라는 명칭에 포함되지 않았을 뿐 이 시대 가야 또한 한반도 역사에서 매우 중요한 역할을 맡고 있었다는 사실. 그런 만큼 학창시절 배우는 국사 교과서에도 갈수록 가야 이야기가 중요하게 부각되고 있는 중이다. 지금은 사실상 대중들에게 삼국시대가 아닌 사국시대 수준으로 가야 역사가 인식되고 있다고나 할까?

뿐만 아니라 근현대 들어와 고분과 유적지 조사 등을 통해 부족한 가야 역사기록을 채울 수 있는 수많은 유물이 발견되었다. 덕분에 과거처럼 의문과 물음표만 가득한 것이 아닌 어느 정도 가야 역사의 큰 줄기를 그릴 수 있는 시대가 열렸지. 이러한 조사를 바탕으로 여러 가야 고분 옆에는 약속된 듯 박물관이 건립되어 과거 여러 지역에 위치했던 가야 역사를 소개하고 있으며 이곳을 방문하는 관광객 숫자 또한 꾸준히 늘어가는 중이라 하더군.

다만 가야 고분을 방문하는 관람객이 꾸준히 늘어나도 고분 전반을 하나로 묶어 소개하는 책은 그동안 찾기 힘들었다. 아무래도 신라는 경주, 백제는 공주, 부여 등으로 좁고 쉽게 다가갈 수 있는 반면 가야는 여러 지역에 퍼져있듯 고분과 박물관이 위치해 있다보니 그런 것 아니었을까? 고분이 위치한 곳이 큰 도시가 아닌지라 대중교통도 은근 불편하고 말이지. 이에 이번 책을 집필하면서 어떻게 여행 코스를 짜면 가야 역사를 이해하면서 동시에 고분과 박물관을 가능한 많이 방문할 수 있을지 고민을 많이 하였다. 결과물을 100% 만족할 수는 없지만 나름 최선을 다한 여행이라는 생각이 든다.

그럼 이번 책을 끝내면서 가야 역사를 볼 수 있는 장소를 최종 정리하여 소개하고자 한다.

1. 우선 국립김해박물관. 이곳은 아예 가야 역사를 주제로 삼은 박물관이며, 그만큼 여러 지역에 위치한 가야 유물을 집중적으로 모아 전시하고 있다. 이에 여러 가야 고분을 이미 방문한 분이라면 더욱 즐거운 관람이 가능할 듯싶다. 물론 가야 고분을 슬슬 방문해보려는 사람에게도 입문용으로 좋은 장소라 하겠다. 즉 가야 역사에 관심 있는 분에게는 필수 코스.

2. 다음으로 국립중앙박물관 내 가야 전시실. 규모가 그리 큰 편은 아니나 중요한 가야 유물을 집중하여 모아두었기에 가야 역사를 이해하는 데 역시 큰 도움을 준다. 무엇보다 전시실 주변으로 백제, 신라 전시실도 함께 있어 각 국가의 유물을 비교하며 감상하기 좋은 구조를 가지고 있지. 가야를 넘어 주변 국가와 가야와의 관계를 이해하기 위해 방문하면 좋은 장소라 여겨진다.

이렇게 여러 지역의 가야 고분 및 박물관에다 국립김해박물관 + 국립중앙박물관 내 가야 전시실까지 관람한다면 가야 역사에 대해 어느 정도 자신감이 생길 것이다. 이를 바탕으로 일본 내 고대 역사를 주제로 한 박물관까지 방문한다면? 하하. 아무래도 일본에서도 가야 유물이 많이 출토되는 만큼 엄청난 규모의 가야 지식이 쌓이겠지. 세계관도 한반도를 넘어 일본까지 마치 고대 가야인 만큼이나 넓어질 테고. 당연하겠지만 이 단계까지 가면 가야 역사 이해에 있어 어느덧 최상위 위치에 올라서지 않을까? 대한민국 국민 상당수가 이 위치까지 어서 빨리 올라서면 좋겠구나.

참고문헌

국립김해박물관, 함안 말이산 4호분 조사보고서, 2017.

김낙중, 가야계 환두대도와 백제, 백제문화, 2014.

김도영, 변한·가야의 문자 관련 고고 자료와 그 의의, 木簡과 文字, 2022.

김상현, 9세기 후반의 해인사와 신라 왕실의 후원, 신라문화, 2006.

김선숙, 양직공도(梁職貢圖) 양서(梁書)의 신라 국호 이칭(異稱)에 대한 검토, 국학연구, 2017.

김성혜, 정창원 신라금이 가야금이 아닌 이유, 한국고대사연구, 2017.

김세기, 대가야 고대국가론, 한국고대사연구, 2017.

김용성, 고령 지산동 고분군의 순장, 야외고고학, 2014.

김우대, 製作技法을 中心으로 본 百濟·加耶의 裝飾大刀, 영남고고학, 2011.

김재홍, 전북 동부지역 가야 고분의 위세품과 그

위상, 호남고고학보, 2018.

박민경, '안라국제회의' 개최와 참가국의 목적검토, 지역과 역사 2020.

박찬우, 백제의 외교문서와 남북조 외교, 고려대학교, 2022.

박천수, 考古學으로 본 非火加耶史, 중앙고고연구, 2019.

박천수, 考古學을 통해 본 大伽倻史, 영남학, 2008.

백승충, 加羅國과 于勒十二曲, 부산대사학회, 1995.

백승충, '任那日本府'의 파견 주체 재론—百濟 및 諸倭 파견설에 대한 비판적 검토를 중심으로, 한국민족문화, 2010.

서영민, 여창현, 함안 말이산 고분군 목가구 설치 분묘 재검토 -용어 및 분묘구조를 중심으로-, 고고광장, 2012.

송완범, 식민지 조선의 黑板勝美와 修史사업의 실상과 허상, 동북아역사논총, 2009.

연민수, 輔國將軍・本國王과 金官國, 한일관계사연구, 2011.

우재병, 5세기 후엽~6세기 전엽경 백제 죽막동제사에 왜 양식 제의가 포함된 배경, 선사와 고대,

2022.

위가야, 6세기 전반 한반도 남부의 정세와 '안라 국제회의', 역사와 현실, 2020.

윤용구, 『梁職貢圖』의 傳統과 摹本, 목간과 문자, 2012.

이성시, 黑板勝美(구로이타 가쓰미)를 통해 본 식민지와 역사학, 한국문화, 1999.

이연심, '왜계가야관료'를 매개로 한 안라국과 왜, 한일관계사연구, 2008.

이은혜, 陜川 玉田古墳群 出土 加耶 耳飾 硏究, 동국대학교. 2017.

이정숙, 진흥왕대 우륵 망명의 사회 정치적 의미, 이화사학연구, 2003.

이진원, 정창원 신라금과 가야금의 연관성, 국악교육, 2011.

이한상, 大加耶의 성장과 龍鳳紋大刀文化. 신라사학보, 2010.

이형기, 대가야의 공간적 범위에 대한 고찰, 한국고대사탐구, 2019.

이희준, 고령 지산동 고분군의 입지와 분포로 본 특징과 그 의미, 영남고고학, 2014.

정동락, 傳 고령 출토 가야금관의 출토지, 문물연구, 2022.

정동준, 소역(蕭繹)의 생애와 『양직공도(梁職貢圖)』의 편찬, 선사와 고대, 2022.

하승철, 유물을 통해 본 아라가야와 왜의 교섭, 중앙고고연구, 2018.

한우림, 권지현, 박지연, 김소진, 창녕 교동과 송현동 고분군 63호분 출토 금동관의 제작기법 및 원료 산지 연구, 한국문화재보존과학회, 2022.

한정호, 최치원의 해인사 인연과 기록에 관한 고찰 – 해인사의 기록자 최치원, CrossRef. 2022.

찾아보기

일상이 고고학 : 나 혼자 대가야 여행

가야 유네스코 문화유산

1판 1쇄 인쇄 2024년 6월 14일
1판 1쇄 발행 2023년 6월 24일

지은이 황윤
펴낸이 김현정
펴낸곳 책읽는고양이

등록 제4-389호(2000년 1월 13일)
주소 서울시 성동구 행당로 76 110호
전화 2299-3703
팩스 2282-3152
홈페이지 www. risu. co. kr
이메일 risubook@hanmail. net

ⓒ 2024, 황윤
ISBN 979-11-92753-17-1 03910

※책값은 뒤표지에 있습니다.
※잘못 제본된 책은 바꾸어 드립니다.